Lurlene McDaniel

de Coração para Coração

Tradução:
Luana Guedes

Novo Conceito

Esta é uma obra de ficção. Nomes, personagens, lugares e acontecimentos descritos são produto da imaginação do autor. Qualquer semelhança com nomes, datas e acontecimentos reais é mera coincidência.

1ª Impressão — 2013

Produção Editorial:
Equipe Novo Conceito
Impressão e Acabamento Geográfica 111013

Este livro segue as regras da Nova Ortografia da Língua Portuguesa.

Dados Internacionais de Catalogação na Publicação (CIP)
(Câmara Brasileira do Livro, SP, Brasil)

McDaniel, Lurlene
De coração para coração / Lurlene McDaniel; tradução Luana Guedes. -- Ribeirão Preto, SP: Novo Conceito Editora, 2013.

Título original: Heart to heart
ISBN 978-85-8163-313-8

1. Ficção norte-americana I. Título.
13-10543 CDD-813.5

Índices para catálogo sistemático:
1. Ficção : Literatura norte-americana 813.5

Novo Conceito

Rua Dr. Hugo Fortes, 1885 — Parque Industrial Lagoinha
14095-260 — Ribeirão Preto — SP
www.editoranovoconceito.com.br

Este livro é dedicado a Lois e Kaitlyn,
cujos corações perduram.

"O último inimigo a ser destruído é a morte."
(1 Coríntios 15:26)

Nota da autora

O nome Elowyn não é comum, mas eu o amei desde a primeira vez que o ouvi. Esse é o nome da filha de uma amiga minha e, segundo me contaram, minha amiga e o marido o "inventaram" após lerem a trilogia *O senhor dos anéis*, de Tolkien. Não importa. De fato, trata-se de um nome real na tradição da Cornualha e significa "olmo forte" (a árvore). A origem dos nomes varia muito. É fascinante descobrir por que você recebeu seu nome e então investigar suas origens. Você pode fazer uma pesquisa na internet sobre seu nome e ver o que descobrirá.

Esta história é fictícia, mas o fenômeno da "memória celular" tem sido registrado por receptores de órgãos transplantados em inúmeras ocasiões, especialmente em casos de transplante de coração. Trata-se da ideia de que todas as células humanas armazenam memórias do corpo e que essas memórias podem ser passadas através de um transplante de órgão. A ciência médica prova que apenas o cérebro pode armazenar uma memória, e a maioria dos cientistas acredita que a memória celular é apenas algo especulativo. Ainda assim, persistem os relatos de muitos receptores sobre como eles adquiriram certos traços de personalidade, preferências e aversões após o transplante. Achei isso intrigante e utilizei essa ideia neste romance.

Parte Um

1. Kassey

Elowyn Eden e eu nos tornamos as melhores amigas uma da outra.

Nós nos conhecemos no verão anterior ao início da sétima série, quando estávamos hospitalizadas no mesmo quarto da ala de ortopedia, esperando pelo mesmo cirurgião para consertar nossos ossos quebrados. Eu tinha quebrado o braço jogando vôlei (meu esporte predileto), e Elowyn tinha quebrado a perna esquerda enquanto patinava. Ela me perguntou:

— Você está com medo?

— Da operação? Nem um pouco — eu disse, e então derrubei minha jarra de água, porque minhas mãos tremiam tanto que eu não consegui colocar água no copo. A jarra caiu no chão, e, após vermos o líquido se espalhar por todo lado, Elowyn levantou um microfone imaginário e disse:

— Limpeza no corredor quatro.

Começamos então a rir e não conseguíamos mais parar. Horas depois, tínhamos conversado até ficar roucas, parando apenas para jantar. Elowyn e seus pais tinham acabado de se mudar da Carolina do Sul para Alpharetta, um distrito de Atlanta, minha cidade desde que mamãe e papai se divorciaram, quando eu tinha três anos. Elowyn morava em uma vila de casas com portões e jardim, a cinco quarteirões da nossa casa.

— Então, me fale o que terei de enfrentar na escola nova — ela pediu.

Nós íamos estudar na mesma escola, então eu lhe contei todas as fofocas de quem era quem e o quê era o quê sobre aqueles que seriam nossos colegas de sala. Ela fez anotações em um guardanapo do hospital. Aquilo era tão típico de Elowyn. Ela fazia listas e anotações de tudo. Quando deixamos o hospital, usávamos um gesso assinado com o nome e o telefone uma da outra. Ela ligou primeiro, e mamãe me levou até sua casa alguns dias depois. O quarto dela era incrível!

— Me chame de Terri, e não de Sra. Eden — a mãe dela insistiu com um sorriso. Ela era do tipo que fazia trabalhos manuais, e a casa toda parecia ter saído de uma revista de decoração, com muitas paredes brilhantes e pilhas de almofadas bonitas. O quarto de Elowyn tinha videiras pintadas a mão e campos floridos subindo pelas paredes. Era azul e amarelo, com flores roxas claras. Minha casa era bege, e meu quarto era deprimente. Eu pendurei alguns pôsteres, mas o espaço continuava bem insosso.

— É para parecer o interior da França — Elowyn me disse.
— A França é o meu lugar preferido. É tão romântico. Eu vou para Paris na minha lua de mel.

— E você vai se casar logo? — provoquei.

— Um dia... e ele será lindo. Talvez eu conheça um aluno francês de intercâmbio e me case com ele.

Eu ainda não havia pensado em me casar com ninguém, muito menos com alguém de um país específico. Caminhei até a parede e toquei as flores pintadas. Elas pareciam tão reais.

— Que flores são essas?

— Lavanda. Você consegue imaginar campos dela, não consegue? E eu adoro seu perfume. É meu favorito. — Ela borrifou o ar com um frasco que estava sobre a cômoda, e o aroma era maravilhoso.

Elowyn parecia tão madura... Eu não tinha ainda uma fragrância especial, exceto pelo xampu com cheiro de morango que usava. Eu continuei observando seu quarto perfeito.

— Sua mãe é bem talentosa.

— É verdade. Ela é única, mas meu pai é quem me entende melhor.

O pai de Elowyn era advogado, um homem do sul que dizia coisas engraçadas como "Não se afaste das galinhas se não puder encarar os cachorros grandes" e "Abra o olho, menina". Eu não entendia a maior parte do que ele dizia, mas uma coisa eu logo entendi: Elowyn o tinha na palma da mão. Ele a chamava de "Docinho". Eu admito, a única coisa que eu invejava era seu relacionamento com o pai, porque eu crescera com um pai distante.

Minha mãe era perita de sinistros em uma grande empresa de seguros e trabalhava muito, então nós duas ficamos felizes quando eu me dei bem com Elowyn e passei a ter um lugar para ir. Cresci com a minha mãe trabalhando e eu indo para a creche. Nada demais. Quando eu fiz doze anos, podia ir direto da escola para casa e ficar sozinha, fazendo a lição de casa e assistindo à TV. Eu gostava de estar perto de Elowyn e de sua família — tão parecida com as famílias que eu via nos programas de televisão antigos. Terri sempre nos encontrava na porta, e estava sempre trabalhando em algum projeto — culinária *gourmet*, pintura de paisagens em aquarela. Elowyn e eu trocávamos livros de que gostávamos e, depois que retiramos o gesso, ficávamos na piscina comunitária, pegando um bronzeado amanteigado e nadando para recuperar nosso membro encolhido.

Na sétima série, eu a levei para o vôlei, e nós jogávamos muito bem entre nós. Elowyn era canhota, então poucas pessoas dos times adversários conseguiam devolver sua bola. Meu saque era potente. Os treinadores nos adoravam.

Nós adquirimos outro hábito no verão entre a sétima e a oitava série.

— Você gostaria de acompanhar minha família e eu em nossas férias? — ela me perguntou.

— Férias?

— Uma viagem.

— Eu sei o que são férias. — Minha mãe e eu raramente tínhamos férias. Se viajássemos, era para visitar a vovó e o vovô em Michigan. Que viagem longa! Caso contrário, simplesmente ficávamos em casa, porque mamãe estava cansada e porque férias custavam um dinheiro que não tínhamos.

Elowyn se sentou, dando um salto em sua cama.

— Você sabe o que é ficar presa por uma semana à minha família fazendo coisas de turista em um lugar onde eu nem queria estar?

— Não faço ideia — eu respondi, enquanto pensava: "que sorte a sua!".

— *C-h-a-t-o*. De qualquer forma, eu tive uma ideia. Se eu levasse uma amiga comigo, me divertiria muito mais do que ficando com a minha mãe e o meu pai.

— Você tem pais divertidos.

Ela revirou os olhos.

— Ah, *claro*. Nós andamos por aí, mas *nunca* vamos a um lugar legal.

Eu não entendi muito bem.

— Então — ela continuou —, eu perguntei à minha mãe se podíamos levar você.

— Então você quer que eu vá junto?

— Você é minha melhor amiga.

— E você é a minha.

— Então faz todo o sentido, você não acha? A gente vai se divertir muito fazendo coisas juntas, e a mamãe e o papai terão um ao outro, então não sentirão que precisam me manter entretida. Será uma festa!

— Eu... Eu não sei se a minha mãe vai deixar...

Ela levantou a mão e disse:

— Minha mãe cuidará disso.

E Terri realmente cuidou. Em agosto, eu fui com Elowyn e os pais dela para Destin, Flórida, para uma casa de praia que eles alugaram na areia branca com vista para o mar. Os pais de Elowyn jogavam golfe, e nós ficávamos passeando pela praia e flertando com meninos bonitos. Em outra ocasião, entre o oitavo e o nono ano, eu fui com eles para um *resort* em Hilton Head, Carolina do Sul, e lá, onde Elowyn e eu chamamos a atenção de dois garotos que disseram estar na faculdade, nós fugimos do nosso quarto, ao lado do quarto dos pais dela, e nos encontramos com eles na área da piscina, sob a luz da lua. Todd, o rapaz que estava comigo, me beijou até minha cabeça girar e meu sangue esquentar. Tudo aquilo era novo para mim. Então ele decidiu colocar a mão debaixo da minha blusa, e eu a retirei depressa.

— Não!

— Por que não? — Sua voz não soou gentil.

Tremores de excitação percorreram meu corpo, mas eu o afastei.

— Eu... Eu disse não, então é não.

— Que tipo de garota é você? A que só gosta de provocar?

— Seu rosto, tão lindo e romântico sob a luz da lua, tornou-se mal-humorado.

Eu o empurrei com força, e ele caiu na piscina.

— Vamos embora! — eu gritei para Elowyn, e ela se soltou do abraço do rapaz e correu comigo para o portão da piscina e a porta do pátio para o nosso quarto, que tínhamos deixado destrancada. Os rapazes nos xingaram, mas não foram atrás de nós.

Trancamos a porta e caímos de costas na cama, respirando fundo. Eu estava assustada. Elowyn estava rindo.

— Uau!

— Psiu! — eu disse. — Não acorde seus pais.

— Isso nunca acontece. — Ela se levantou, apoiando-se nos cotovelos. — Por que você correu?

Então eu contei a ela.

— Você sabe que os garotos querem mais se você começar a beijá-los.

— Não sem permissão, você não acha?

— Garotos mais velhos, especialmente, têm expectativas. Você sabe disso.

Meu rosto esquentou.

— Está tudo bem — ela disse. — Nós nunca mais os veremos, de qualquer forma.

— Você acha?

— Com certeza. Que garoto ia querer ficar com uma menina que quase o afogou na piscina?

Então nós morremos de rir.

No nono ano, nós entramos no Alpha High School, um lugar tão grande que precisamos de mapas para encontrar nosso caminho pelos prédios no início. Felizmente, entramos no time principal de vôlei júnior, o que nos deu alguma vantagem no mundo dos calouros. Assim que o time começou a ganhar, as pessoas souberam quem nós éramos. Era uma situação boa. E assim, sem muito aviso, meu mundo pequeno e confortável mudou.

Elowyn arrumou um namorado.

2. Kassey

O garoto era Wyatt Nolan, ele estava no nono ano, tinha cabelo castanho cacheado e olhos castanho-escuros. Elowyn apontou para ele na quadra de basquete em fevereiro, durante um jogo em que nos sentamos nas arquibancadas para torcer pelo nosso time.

— O que você acha dele? — ela perguntou em meio ao barulho da multidão.

Ele era uma mancha roxa e dourada correndo pela quadra.

— Não consigo ver o rosto dele.

— É lindo — ela afirmou. — Você não acha que ele parece um francês?

— Não sei. Que diferença faz?

— Ele está na minha turma de francês.

— Certo. E isso o torna mais adorável?

Ela inclinou o queixo para mim e sorriu.

— Claro que sim.

Elowyn o fisgou. Ao final da temporada de basquete, ela já estava usando a jaqueta dele, e eles estavam enviando mensagens um para o outro umas dez vezes por dia. Não que celulares fossem permitidos no colégio, mas ela conseguia se comunicar com ele. Wyatt e Elowyn eram inseparáveis, o que significa que eu fora deixada de lado. Tudo bem, talvez eu não tenha sido deixada de lado, mas definitivamente caí de posição nas prioridades da vida de Elowyn. Ela estava absorvida por aquele garoto. No início eu me lastimei, sentindo pena de mim mesma. Quando sua melhor amiga fica toda preocupada com o namorado e não sobra espaço para mais ninguém, você fica magoada.

Nós retomamos a amizade no verão entre o primeiro e o segundo ano do ensino médio, porque Wyatt foi para um acampamento de basquete e depois para Indiana visitar os avós. Eu não senti nenhuma falta dele. Mas Elowyn, sim. A família dela ia para Clearwater, na Flórida, nas férias, e eu fui convidada - como nos velhos tempos. Eu estava pronta para me divertir, mas Elowyn se arrastava, sem entusiasmo. Não consegui atraí-la nem para a sorveteria para tomar o sorvete de que ela mais gostava, Chunky Monkey[1]. Ela adorava doces.

— Eu compro — eu disse. — Cones de *waffle* e coberturas! — Mas ela só falava do quanto sentia falta de Wyatt.

Quando eu disse isso a ela, Elowyn descarregou sua raiva em mim.

— Você não sabe como é estar apaixonada.

Então eu guardei para mim meus pensamentos.

— Você deveria arrumar um namorado.

— Eu não gosto de ninguém — respondi. E era verdade. Os garotos do colégio, da nossa idade, pareciam imaturos. No fundo, eu era tímida com eles. Eu nunca tivera um pai por perto para conversar. Na verdade, homens não faziam parte da minha vida.

Elowyn e Wyatt conversavam pelo celular por uma hora toda noite, enquanto eu assistia à TV ou jogava a bola de vôlei

[1] Sabor de sorvete que leva banana, pedaços de fudge e nozes.

para o alto sem parar, deitada na cama. Se eles ainda estivessem grudados no verão seguinte, eu disse a mim mesma que ficaria em casa em vez de viajar com ela.

Quando voltamos para casa, Elowyn e eu fomos comprar o material escolar para a volta às aulas, e foi bem divertido. Ela tinha um calendário na parede do quarto com os dias marcados até o retorno de Wyatt.

— O que é isso? — perguntei na primeira vez em que vi aquilo. — Eu costumava marcar os dias que faltavam para o Natal quando eu era criança, mas já cresci.

Ela me mostrou a língua.

— Não seja chata.

Assim que as aulas começaram, Elowyn e Wyatt estavam juntos novamente, e eu fui deixada de lado novamente. Eles nunca me incluíam de fato, e eu não queria ficar atrás deles, de qualquer forma. Mas, alguns meses depois do reinício do ano escolar, o "amor" deles começou a enfraquecer.

— Eu o odeio! — Elowyn esbravejou, entrando na quadra para se vestir para o treino de vôlei. Nossa temporada começara após a temporada de futebol, e a treinadora nos colocava para treinar todos os dias após as aulas.

— Quem?

— Wyatt. — Ela bateu a porta do armário.

— Pensei que você o amasse.

— Estou furiosa com ele!

— Por quê?

— Ele quer sair com os amigos na sexta-feira à noite em vez de ficar comigo.

Aquilo não parecia uma ofensa tão detestável para mim.

— Vocês não podem sair no sábado à noite?

— Ele tem de trabalhar.

Eu me sentei para amarrar o tênis.

— Vocês dois saem juntos o tempo todo. Talvez ele precise de um tempo com os amigos.

— Então você está do lado dele?

— Pare com isso. Você é minha amiga.

Ela fez beicinho.

— Eu não gosto de ser dispensada.

— Nem me fale. — Meu comentário, feito para expressar a forma como eu me sentia, foi demais para ela.

A treinadora apitou, indicando que nos esperava na quadra.

— Pode ir — disse Elowyn, parecendo desanimada.

— Eu odiarei Wyatt também — eu disse, dando as costas e caminhando em direção à porta. Isso não seria difícil, já que ele nunca se esforçara sequer para falar comigo.

Eu não cheguei a ter a chance de odiá-lo porque, antes do jantar, eles já tinham feito as pazes. O difícil era que outros problemas continuaram surgindo. Se Wyatt cancelasse um encontro, os dois ficavam sem conversar por dois dias. Se Elowyn o evitasse nos corredores, ele se sentava com os amigos durante o intervalo em vez de se sentar com ela. Ela ignorava suas ligações e suas mensagens. Eu não conseguia acompanhar quem estava furioso com quem ou por quê. Então, em um dia de dezembro, Wyatt veio em minha direção enquanto eu estava distraída com meu armário no corredor. Ele bateu a palma da mão com tanta força no armário de metal ao lado do meu que eu pulei de susto.

— O que foi? — eu gritei. — Você quer me matar de susto?

— A Elowyn é louca!

— Não fale da minha amiga assim! — Era ela quem geralmente vinha fazer reclamações sobre ele para mim. Eu hesitei e então perguntei: — O que foi dessa vez?

— Eu acompanhei Jan Frickie até a sala, e ela nos viu e teve um ataque de fúria. Não era nada. Nós íamos para a mesma aula e estávamos apenas caminhando juntos.

— E a explosão foi pública ou privada?

— Privada.

— Isso é bom.

— Ela não quer falar comigo agora. Ignora minhas ligações e minhas mensagens.

Eu suspirei.

— Tem alguma coisa acontecendo entre você e Jan?

— De jeito nenhum! El é a única. Ela está louca de ciúmes. Às vezes eu sinto como se ela estivesse sugando minha alma.

Ele parecia tão abatido, senti um pouco de pena.

— Alguma ideia de como eu possa consertar isso? — ele perguntou. — Ela está realmente furiosa, e você pode ajudar. Por favor?

O sinal tocou, e eu sabia que me atrasaria. Foi quando tive uma ideia.

— Mande uma mensagem para ela em francês — eu disse, jogando meus livros no armário e fechando a porta.

— Você está falando sério?

— Tente. Seja romântico — eu disse, indo embora.

Meu conselho funcionou, e, antes que eu percebesse, eu me tornei a figura humana mais lastimável: a mediadora de ambos.

Elowyn fez dezesseis anos no dia 20 de dezembro. Tirou a carteira de habilitação no mesmo dia, e o pai deu a ela as chaves de um carro novo.

— Aniversário e Natal — ele disse.

Ela pulava e gritava; eu apenas observava, boquiaberta. Eu completaria dezesseis anos em março e tinha certeza de que não havia nenhum carro me esperando. Eu teria de compartilhar o Honda velho com mamãe.

Elowyn balançou as chaves na minha frente.

— Vamos!

O carro era vermelho brilhante, com todos os tipos de sinais de alerta e sons de avisos. Nós pulamos dentro dele. O cheiro de carro novo era intoxicante, e eu respirei fundo.

Da porta da frente, Terri disse:

— Não vá muito longe!

— Nós ainda temos um bolo pra comer, docinho! — gritou o pai dela.

— Guarde um pedaço para mim! — Elowyn chorava à medida que dava ré da entrada da garagem e girava o volante.

— Estejam de volta em vinte minutos! — gritou Terri. — E coloquem o cinto de segurança!

— Vinte minutos, até parece! — Elowyn falou para mim. — Ligue o rádio.

Eu encontrei nossa estação favorita.

— Aonde nós vamos?

— Mostrar o carro ao Wyatt. Aonde você acha?

Não era onde eu gostaria de ir, mas eu entendi. Eu ajudara na negociação de outra trégua entre os dois havia alguns dias. Claro que ela ia mostrar o carro novo a ele.

— Eu vou mandar fazer uma chave para você também — ela disse.

Suas palavras me deixaram desconcertada.

— Para o seu carro? Eu ainda não posso dirigir.

— Mas poderá em breve. E, até lá, eu vou levá-la para a escola todos os dias.

Geralmente minha mãe nos levava para a escola, e Terri nos buscava após o treino.

— Vai ser muito legal, obrigada!

Ela abriu um sorriso.

— Esse vai ser o melhor ano de todos.

"A menos que Wyatt e você me matem com suas discussões." Eu pensei, mas não falei nada. Elowyn me oferecera as chaves do seu carro, e eu estava feliz por ter uma amiga tão maravilhosa e generosa.

3. Kassey

Mamãe e eu estávamos na cozinha quando ela disse:

— Seu pai quer restabelecer contato com você.

Ela despejou essa bomba em mim logo após o Ano-Novo.

— O quê? Por quê? — Eu estava perplexa com a notícia. Nós não tínhamos notícias do meu pai havia anos, e eu mal me lembrava dele; fora embora quando eu tinha três anos.

— Ele está mudando de vida. — Ela balançou várias folhas de papel para mim. — Está colocando sua pensão em dia também. Pode ser que você consiga ir para a faculdade que quiser.

Quando eu era mais nova, fizera perguntas à minha mãe sobre ele, como: por que ele foi embora? Onde ele estava? Por que não vinha me visitar? E então, quando eu completei doze anos, mamãe se sentou comigo e me disse a dura verdade. Meu pai era viciado em drogas. Ela então me contou:

— Eu sabia que ele tinha problemas com drogas quando nos casamos, mas pensei que ele as deixaria quando tivesse uma família. Mas ele não parou. Quando você fez três anos, eu disse a ele: as drogas ou nós. Ele escolheu as drogas, eu fui embora com você, e ele desapareceu. — Ela não enfeitou a história com palavras reconfortantes como "ele amava você". Nada além dos fatos honestos e duros. Ela não fora cruel ou furiosa ao me contar, apenas factual. Seus olhos estavam fixos nos meus, e sua voz era firme.

O choque da verdade sobre meu pai me deixou quente, e então fria de novo. Eu comecei a chorar. E o "diga não às drogas"? Na minha imaginação, eu criara um pai aventureiro, que viajava pelo mundo todo, de quem minha mãe tinha se divorciado pelo fato de estarem sempre longe. Mas, a partir do momento em que ela me contou a verdade, eu o expulsei do meu coração. Éramos apenas mamãe e eu. Eu brotara do corpo dela como um cogumelo.

Descobrir que meu pai era um viciado me causou repulsa. Na escola, algumas pessoas usavam álcool e cigarros, mas drogas pesadas, não. O que doeu mais foi ouvir que ele nos abandonara, nos descartara. Eu sentia tanta vergonha disso que jamais contei a ninguém, nem mesmo a Elowyn. Mas, agora que eu tinha quase dezesseis anos, ele queria fazer "contato".

— Ah! O que ele quer de mim? — eu perguntei a minha mãe.

— Ele quer apenas se reaproximar. Bem, aproximar. Ele está tentando reparar o que fez. Você poderia enviar um e-mail a ele. Ele deixou o endereço eletrônico.

— Onde ele está?

— No Colorado.

— O que eu devo fazer?

— O que você quiser. Essa decisão deve ser sua, Kassey.

Minha mãe zelava por mim, sempre foi assim. Nós éramos muito unidas. Mãe e filha enfrentando o mundo juntas. Não havia lugar para o meu pai em minha vida ou em meu coração.

— Eu não quero ter contato com ele — eu disse. — Por que deveria? Simplesmente porque *ele* quer?

Ela ficou me olhando por um bom tempo e então finalmente falou:

— Talvez um dia você queira.

Eu tinha certeza de que isso não aconteceria. Eu nem sequer pensei se minha mãe manteria contato com ele ou no que ela diria a ele. Não me importava.

A temporada de vôlei estava a todo vapor no final de janeiro. Elowyn e eu nos mudamos para o time universitário, e o jornal local nos chamava de "dupla dinâmica". A treinadora Collins nos chamava de "a força". Nós estávamos ganhando todas, e eu adorava tudo aquilo. Minhas notas eram as melhores, eu arrasava no vôlei e minhas amizades eram sólidas. Talvez a afirmação de Elowyn de que este seria o melhor ano de nossa vida estivesse se realizando.

Eu estava na casa de Elowyn, e a notícia sobre o meu pai querer retomar contato estava me corroendo. Eu não costumava guardar segredos dela.

— Então, como você e Wyatt estão? — eu perguntei.

— Bem, no momento. — Elowyn sorriu, brincando com o medalhão que Wyatt lhe dera de aniversário e de Natal e que ela nunca mais tirou.

— Fico feliz — eu disse.

— Espere até o seu aniversário — Elowyn disse com um sorriso e segurou o chaveiro enorme e estridente com as palavras *Amigas para sempre* gravadas em cristais brilhantes, que eu lhe dera no Natal.

— Não tem como perder isso na bolsa — eu dissera na época.

Ela me dera um suéter de caxemira, além de uma chave do

seu carro, que eu guardei em um compartimento de zíper na minha bolsa.

— Seis semanas — eu disse. — Mas quem está contando?

Nós rimos como loucas. Minha mãe sairia mais cedo do trabalho para buscar meu teste de habilitação no dia em que eu fizesse dezesseis anos. Eu mal podia esperar.

Na noite de quarta-feira, uma semana antes do Dia dos Namorados[2], eu estava hibernando em meu quarto com um livro de geometria, enquanto uma tempestade de relâmpagos e trovões se enfurecia do lado de fora, cintilando eletricidade.

— Não caia — eu implorava para a corrente flutuante. Elowyn pedira que eu fosse com ela ao shopping após a aula, mas eu consegui dispensá-la. Eu tinha uma prova importante na segunda-feira, e era de uma matéria difícil.

A chuva bateu violentamente na janela do meu quarto. Raios lampejavam. E eu me encolhia.

Meu celular disparou com a música que eu baixara para identificar as chamadas da Elowyn. Eu o agarrei.

— Encontrou alguma pechincha sem mim? — eu perguntei, alegremente.

— Acabou!... — disse ela, chorando.

— O que acabou?

— Wyatt e eu.

Eu desmoronei.

— O que aconteceu?

— Eu o peguei com Jan Frickie. Estava saindo da Macy's pela porta próxima ao teatro quando o vi em pé, de frente com Jan, conversando... de mãos dadas.

---

[2] Nos Estados Unidos, assim como em outros países, o Dia dos Namorados se comemora em 14 de fevereiro, e é chamado *Valentine's Day*, referência a São Valentim.

Meu estômago deu um nó.

— Essa não!... Eu sinto muito, El.

Ela chorou ainda mais.

Então eu disse:

— Talvez haja uma explicação...

— Com certeza! Eles tinham uma explicação muito boa. Eles tinham simplesmente "dado de cara um com o outro". Isso foi o que eles me disseram.

Meu coração batia com um som surdo.

— Você conversou com eles? Enquanto eles estavam juntos?

— Claro que sim! Eu ataquei os dois bem ali na calçada, na frente de todo mundo. Eu fiz com que ouvissem. Chamei-o de todos os nomes em que pude pensar.

Um escândalo público; a fábrica de fofocas estaria funcionando a todo vapor no dia seguinte. Se alguém os vira e tinha um aparelho de celular à mão, a bagunça toda poderia acabar postada no YouTube ou no Facebook em algumas horas. Isso não era bom.

Um trovão me fez dar um pulo.

— Onde você está?

— Dirigindo por aí. Em alguma estrada no campo.

— Está chovendo aqui.

— Aqui também.

— Vá para casa. E me ligue mais tarde.

— Eu o odeio... — Sua voz sumiu. A ligação caiu.

Eu andava a passos largos pelo quarto, pensando nas palavras certas para consolá-la: "Você está certa. Ele é estranho. Jan deve ter ido atrás dele. Ele adora você, El. Você." Mas, no fundo, eu estava pensando: "Se eu colocar minhas mãos em você, Wyatt Nolan, você é um homem morto". Não é de admirar que eu não queira um namorado. Garotos *são realmente* um problema! Eles mentem e traem. Quanto mais eu andava, mais furiosa ficava. Wyatt era uma serpente traiçoeira.

A certa altura, eu me sentei e peguei o livro de geometria. Não estudaria mais para a prova. Organizei minha cama. Enfurecida, eu me alonguei, decidindo que, quando Elowyn ligasse, não diria uma palavra sequer para encorajar seu relacionamento com Wyatt. Eu estava cansada de ser a mensageira e a pessoa que consertava as coisas. Já era hora de dizer a El para esquecê-lo — não por causa do meu ciúme, mas porque eu odiava vê-la tão magoada. Ela poderia encontrar outro namorado facilmente. Uma fila de garotos estava esperando para ficar com ela.

Acordei com o celular vibrando na minha bochecha. Eu o tinha configurado para não tocar, porque minha mãe não me deixava atender ligações após as 22h e eu estava esperando Elowyn retornar a ligação. Desorientada, eu me sentei e olhei para o relógio com a visão embaçada. Eram 22h20. Peguei o telefone e atendi.

— El?

— Terri — disse a voz do outro lado. — É a Terri.

Eu me sentei.

— Sim?

Com a voz tensa, ela perguntou:

— Elowyn está aí com você? Ela ainda não veio para casa.

4. Kassey

— Ela está aí, Kassey? — Terri perguntou novamente.

— N... não — eu gaguejei.

— Por que, se ela estiver, se aconteceu alguma coisa, apenas me diga a verdade. Eu não vou ficar zangada. O pai dela e eu estamos morrendo de preocupação.

— Ela não está aqui, Terri. Eu juro. Juro por Deus.

— Ah, meu Deus — murmurou Terri. — Você teve notícias dela esta noite?

— Sim! Eu tive. Ela me ligou por volta das 20h. — Eu não tinha certeza de até onde deveria ir com os detalhes.

— Onde ela estava?

— Indo para casa. Em alguma estrada no campo.

— Mas por quê? Por que ela estaria no campo?

— Hum... para clarear as ideias. — Minha voz parecia vacilante, e eu me dei conta de que não era hora de esconder nada. — Ela... Hum... teve uma briga com Wyatt.

— Ele estava com ela?

— Não. Ela estava sozinha.

Silêncio. Ela finalmente disse:

— Eu sei que está tarde, mas eu vou ter de ligar na casa dele.

— Terri — eu disse impulsivamente antes que ela desligasse.

— Por favor, me ligue quando você descobrir alguma coisa. Por favor.

Sua voz amoleceu.

— Eu ligarei, querida. Minha primeira ligação será para você.

Eu estava sentada à mesa da cozinha tomando café quando minha mãe desceu as escadas, às 6h40 da manhã seguinte. Ela estava parcialmente vestida para ir para o trabalho. Tinha de sair de casa às 7h para chegar ao seu escritório, no centro, até as 8h, no trânsito pesado de Atlanta.

— O que é isso? Eu geralmente tenho que te arrastar para fora da cama. — Ela olhou para mim. — Você está chorando?

Eu fiz um gesto com a cabeça.

Ela se sentou ao meu lado.

— Qual é o problema?

— Elowyn não foi para casa ontem à noite. — Hesitante, eu contei a ela o que sabia.

— Os pais dela devem estar fora de si — ela disse.

— Onde ela poderia estar?

Mamãe passou a mão pelo meu cabelo.

— Talvez ela já esteja em casa a essa hora, e Terri esteja esperando uma hora mais apropriada para telefonar.

Eu balancei a cabeça.

— Ela não faria isso comigo.

Mamãe se acomodou na cadeira e segurou minhas mãos nas delas.

— Tudo ficará bem, querida.

Não acreditei nela. Apertando suas mãos, eu disse:

— Mãe, por favor, não me faça ir para a escola hoje. — Sem

Elowyn para me buscar, eu teria de ir de ônibus, e ele passaria duas ruas acima em quinze minutos. — Eu não posso ir para a escola... Não sem saber de nada...

— Vamos fazer assim — disse ela. — Vou telefonar para Kathy e dizer a ela que só vou trabalhar após o almoço.

— Você vai ficar comigo?

— Você não deveria ficar sozinha enquanto espera notícias sobre o que aconteceu com a sua melhor amiga.

Joguei meus braços em volta dela e chorei.

Pela primeira vez eu estava feliz pela proibição do uso de telefones celulares na escola. As notícias sobre a discussão em público de Elowyn com Wyatt correriam o prédio todo, e, já que eu era sua melhor amiga, as pessoas iriam me procurar para saber detalhes. Eu só queria falar com Terri. Minha mãe e eu nos sentamos ao lado dos telefones, desejando que eles tocassem. Quando meu celular finalmente tocou, eram cerca de 10h. Quase morri de susto. Eu o agarrei e disse:

— Sim?

— A polícia a encontrou em seu carro, esta manhã — Terri disse com pesar.

Eu soltei um grito, minha mãe levantou e pegou o telefone. Ela conversou baixo e então desligou e disse:

— Eles a levaram ao Hospital Emory Medical; ela está na UTI de neurologia. Vá para o carro.

A viagem até o vasto complexo médico parecia interminável, e aquele dia de fevereiro — cinza, nublado e frio — combinava com o meu humor. Eu não confiava em mim mesma para conversar, mas mamãe me contara o que Terri dissera, o que não era muito.

— O carro derrapou na pista por causa da chuva e caiu em uma valeta. O *airbag* abriu, mas ela estava em um ângulo que não lhe dava muita proteção. Um homem que caminhava com o cachorro pelo campo viu a parte traseira do carro enterrada na valeta. Foi muita sorte ele ter aparecido, pois o carro não podia ser visto da estrada. — Mamãe olhou para mim, encolhida no canto do carro. — Ela está muito machucada, Kassey.

Eu fechei os olhos. Queria tapar meus ouvidos também.

— É por isso que ela está no Emory. Eles são os melhores quando se trata de lesões na cabeça.

A UTI neurológica era uma sala gigante, indistintamente iluminada por trás de uma parede de vidro. Havia máquinas ao lado de todos os leitos, e as enfermeiras trabalhavam tão silenciosamente quanto fantasmas, verificando a medicação intravenosa e monitores ligados aos pacientes. O posto de enfermagem nos encaminhou a uma sala de espera, onde encontramos Terri; as mãos dela cobriam o rosto. Quando mamãe falou, Terri se levantou subitamente da cadeira e a abraçou, e também a mim. Ela cheirava a café, menta e medo. Eu comecei a chorar, mas me forcei a parar. Terri não precisava que eu desmoronasse.

— Como ela está?... Ela está naquele quarto? — Apontei para a sala de vidro ao final do corredor.

— No leito número oito. Eles só nos deixam entrar por dez minutos a cada hora. Ela não está bem — disse Terri com a voz rouca.

Naquele momento, Matt, o pai de Elowyn, apareceu com dois copos de café. Ele parecia fatigado e deprimido. Sua pele estava com uma cor acinzentada.

— Oi, Kassey... Susan. Vocês querem um café? Eu não me importo de descer para buscar. É melhor que o que eles têm aqui em cima. — Ele apontou com a cabeça para uma pequena mesa com uma cafeteira e copinhos de isopor. O cheiro ruim de café queimado pairava no ar e deixou meu estômago embrulhado. Eu não tinha comido nada naquela manhã. Mamãe e eu recusamos a oferta.

— O que mais você sabe? — minha mãe perguntou.

— No momento do acidente, a cabeça dela bateu violentamente de lado no vidro.

— Por minha culpa — Matt murmurou. — Eu não deveria ter dado um carro a ela.

Terri pegou a mão dele.

— Não diga isso, querido. Foi um acidente.

Eu me lembrei de como Elowyn estava feliz com seu lindo carro novo vermelho.

— Graças a Deus ela estava usando o cinto de segurança, ou podia ter sido lançada para fora do carro e morrido — disse Terri.

Eu pensei nas vezes em que não tínhamos usado o cinto enquanto dirigíamos. Jamais faria isso novamente.

— Ela teve traumatismo craniano grave e quebrou o pé; o pé provavelmente quebrou apertando o freio — contou Matt. — Alguns ferimentos internos causados pelo cinto de segurança, mas nenhum outro osso quebrado.

— Isso é bom, certo? — eu perguntei, sentindo a esperança crescer em mim.

— Os ossos se curam — Terri respondeu. — Mas ela tem uma lesão profunda no cérebro, com um inchaço grave. Está em coma. Não é tão fácil sair disso.

Minha esperança se foi.

— Eles podem ajudá-la?

— Estão tentando fazer o inchaço diminuir. Mas não é tão simples.

Não me parecia possível que a vida pudesse se tornar tão confusa em um período tão curto. Um dia antes Elowyn e eu estávamos na escola, rindo pelos corredores e nos sentindo invencíveis após o treino de vôlei, conversando sobre como derrotar o Decatur na partida de sexta-feira à noite. Ontem mesmo ela me pedira para ir ao shopping com ela. Se eu tivesse ido, talvez ela não tivesse ido parar naquele trecho da estrada. Eu teria ficado e conversado com ela, tentado acalmar a situação com Wyatt. Eu deveria ter ido com ela.

Eu perguntei:

— Posso vê-la?

Terri olhou para minha mãe.

— Eu preferiria que você não entrasse lá hoje. Talvez amanhã.

Eu estava dividida entre o desejo de vê-la e tocá-la e o medo de fazer os dois. Mamãe me envolveu em seus braços.

— Nós voltamos mais tarde.

— Mas eu não quero ir.

Terri pegou minha mão. Uma fina nuvem de lágrimas cobria seus olhos.

— Por favor. Mais tarde.

Nós voltamos para casa em silêncio. Minha mãe sempre fora ótima em saber quando deveria ou não falar comigo. Eu era grata por isso, porque meus sentimentos estavam crus e despedaçados, e eu não queria conversar. Quando fizemos a curva na esquina da nossa rua, vi uma pessoa sentada nos degraus da nossa varanda.

— Quem será? — perguntou mamãe.

Quando ela virou na entrada da garagem, reconheci a pessoa, que vestia uma parca cinza, encolhida no frio. Abri o cinto de segurança e pulei do carro antes mesmo que minha mãe tivesse estacionado completamente. Eu corri, balançando os meus braços e gritando com Wyatt Nolan.

5. Kassey

Eu o esmurrei com as mãos fechadas, debatendo-me e gritando o tempo todo. Ele não tentou sair dali, apenas se curvou e cobriu a cabeça com os braços. Não disse uma palavra, só continuou recebendo meus golpes. Eu sou muito forte por causa do vôlei e sabia que o estava machucando.

Atrás de mim, ouvi minha mãe gritando:

— Kassey! O que há com você? Pare com isso! Agora! — Ela puxou meus braços, até conseguir interromper minha fúria. Ela se agachou ao lado de Wyatt. — Você está bem?

— Mãe, não!

Ela se virou depressa e disse:

— Pare! Fique aí atrás. Estou falando sério. Você não pode atacar as pessoas assim. Você não é um animal.

Wyatt olhou para cima.

— Tudo bem, sra. Mesacheck. Eu mereço. — Sua voz parecia vazia. Ele estava sangrando acima do olho esquerdo. Minha raiva diminuiu quando vi o sangue escorrendo por sua têmpora.

— Entre — disse mamãe. — Me deixe limpar o ferimento.

Eu não queria o traidor dentro da nossa casa.

Mamãe apertou os lábios para mim.

— Eu converso com você depois.

Bem mais tarde, depois que Wyatt ganhou um curativo e quando estávamos todos sentados à mesa da cozinha bebendo Coca, minha mãe disse:

— Me explique o que aconteceu com você, Kassey.

— Ele traiu Elowyn — eu rosnei.

— Não era o que parecia — disse Wyatt.

— E o que era então?

— Eu ia me encontrar com Jon Lewis no cinema, para assistir àquele filme novo de ação, o tipo de filme que Elowyn odeia. Estava esperando por ele do lado de fora quando ele ligou e disse que o pai o tinha colocado de castigo e que ele não poderia ir. Então eu estava pensando em ver o filme sozinho quando Jan me viu e veio conversar comigo. No final das contas, ela queria assistir àquele filme também e estava sozinha, então nós simplesmente compramos os ingressos e assistimos.

Jan era uma cobra. E ela cometeu um crime de oportunidade. Duvido que tenha ido lá para assistir àquele filme. Wyatt continuou.

— Eu não paguei o ingresso dela ou nada do tipo. Ela comprou sua própria bebida e pipoca. Tudo o que fizemos foi nos sentarmos juntos.

— E dividir a pipoca — eu disse, sarcasticamente. — Que meigo...

— Kassey! — minha mãe me advertiu.

— Quando nós saímos do cinema, após o filme, El nos viu.

— Vocês estavam de mãos dadas — eu o lembrei.

— Jan só pegou minha mão para agradecer.

Eu revirei os olhos. Como os garotos podem ser tão burros?

— Eu não estava traindo El! — ele lamentou.

— Você sabe o que aconteceu com Elowyn? — mamãe perguntou.

Ele fez um gesto afirmativo com a cabeça.

— Elowyn sofreu um acidente de carro e está no hospital. Toda a escola sabe.

— Como? Eu não contei a ninguém — eu disse.

— O pai dela avisou a escola. E o diretor Banks anunciou publicamente esta tarde.

— A notícia provavelmente viria à tona — mamãe disse.

— Por que você veio aqui? — perguntei, com um nó na garganta.

— Porque você é a melhor amiga dela. Eu imaginei que você saberia melhor do que qualquer outra pessoa como ela está. Eu quero saber.

— A família dela está no hospital. — Eu vi medo e arrependimento em seus olhos castanho-escuros. — Você lamenta pelo que aconteceu a Elowyn ou por ter sido pego com Jan?

— Isso não é justo — Wyatt murmurou, enquanto minha mãe me lançava outro olhar de advertência.

Eu cruzei os braços e relaxei em minha cadeira.

— Ela está no Emory, na ala de neurologia. É assim que ela está. Em coma.

Eu não fui à escola no dia seguinte também. Mamãe me deixou no Emory e disse que voltaria assim que saísse do trabalho, insistindo que esse seria o último dia que eu poderia faltar à escola. Fui para a UTI rapidamente, encontrei Terri na área de espera familiar. Ela parecia não ter dormido nada.

— Como ela está?

— Como antes.

Meu coração se despedaçou.

— Eu... Eu pensei que talvez...

Terri balançou a cabeça.

— Nós conversamos com o neurologista esta manhã. Eles continuam fazendo aquele teste nela... o Glasgow. Ele mede a sensibilidade à dor em pacientes com lesões cerebrais. Um resultado normal seria quinze; o da Elowyn é três.

A notícia me tirou o ar.

— Matt está acabado. Eu o convenci a ir para casa tomar um banho. Eu vou quando ele voltar, depois vamos esperar. — Ela me encarou. — Fico feliz que você esteja aqui, Kassey.

— Isso significa que eu posso vê-la hoje?

— Na verdade, o neurologista dela quer que as pessoas mais próximas conversem com ela. Ele diz que, mesmo quando os pacientes estão em coma, não perdem o sentido da audição. Se nós conversarmos com ela, talvez ela nos escute e... — Sua voz falhou. — E volte para nós.

— Eu posso conversar com ela. Eu tenho um milhão de histórias — eu disse. Ao longo dos anos Elowyn e eu compartilhamos nossa vida e tivemos muitas aventuras. Ela certamente se lembraria delas e acordaria sorrindo.

Eu me virei em direção à UTI. Terri agarrou meu braço.

— Ela está muito mal. Ferida e inchada. Nada parecida com a garota que você conhece.

Terri não mentiu. A cabeça de Elowyn, inchada e enrolada em bandagens brancas, parecia enorme, e seu rosto também estava inchado. Ela parecia um *marshmallow* gigante. Eu guardei a imagem para, com palavras, poder provocá-la quando ela estivesse bem. Havia círculos vermelho-arroxeados em volta dos olhos, e as pálpebras não estavam completamente fechadas. Tubos de medicação saíam de todas as aberturas de seu corpo, por cima e por baixo dos lençóis que a cobriam. Seu peito levantava e abaixava com o auxílio da máquina.

— É um respirador artificial — sussurrou Terri. — Até ela conseguir respirar sozinha.

A imagem de Elowyn ligada a toda aquela parafernália era chocante, um balde de água fria. Eu tremia. A mão de Elowyn se contraiu e eu dei um pulo.

— Reação muscular involuntária — Terri me falou. — Eu chamei a enfermeira da primeira vez que vi. Não significa nada.

Meus olhos se encheram de lágrimas.

— Apenas converse baixinho com ela. Vocês terão entre dez e quinze minutos a sós.

Ela puxou uma cadeira, e eu me sentei perto da cama. Terri saiu, e eu me inclinei perto do ouvido de Elowyn.

— Oi amiga. Sou eu... — Sequei meus olhos e decidi começar de novo. — Lembra quando nos conhecemos? No hospital, com ossos quebrados. Você estava usando um pijama cor-de-rosa estampado com patinhas de cachorro.

Apenas o assobio do respirador respondia. Eu a fiz lembrar da escola, dos verões na piscina. A batida do seu coração no monitor parecia robótica.

— Wyatt está triste. Ele sente muito. Ele... Ele disse que não era o que parecia. Jan e ele...

O zumbido do ar-condicionado do quarto preenchia o silêncio. Elowyn não se movia.

— Não que eu o perdoe. Mas você precisa acordar e resolver isso com ele.

Enfermeiras passavam pelo quarto, seus sapatos de sola macia faziam o chão bem esfregado ranger ocasionalmente.

— Eu bati nele. Você acredita nisso? Eu realmente dei o que ele merecia. E ele sangrou.

Sob suas pálpebras caídas, as pupilas de Elowyn pareciam grandes, tomando todo o espaço onde sua íris deveria ser vista.

Minha voz sumiu aos poucos. As máquinas estavam mantendo seu corpo vivo, mas onde ela estava? Onde estava Elowyn?

6. Kassey

No dia seguinte, na escola, as pessoas correram atrás de mim. Fizeram uma centena de perguntas que eu não podia ou não queria responder. Eu vi Wyatt pelos corredores, ainda usando o band-aid que minha mãe havia colocado nele. Nós não nos falamos. Jan se tornara odiada. Todos a evitavam e, mais tarde, eu ouvi que ela tinha chorado no banheiro feminino e ido para casa mais cedo.

Quando a treinadora me viu, fez perguntas também.

— Ela está mal — eu disse, com as palavras presas à minha garganta.

— Nós ainda temos um jogo sexta à noite — disse a treinadora.

Eu tinha me esquecido do confronto com o Decatur.

— Acho que não vou conseguir jogar.

— O time precisa de você. Eu não posso perder minhas duas melhores jogadoras ao mesmo tempo.

Eu queria gritar "Minha melhor amiga está em coma! Não posso pensar em vôlei!". Em vez disso, eu disse:

— Eu... Eu acho que não consigo me concentrar no jogo.

— É isso que ela desejaria que você fizesse? Deixar o time na mão? As garotas estão abaladas, e você é a capitã.

Aquilo não era justo. É claro que Elowyn não desejaria que eu fugisse. Eu quase podia ouvi-la dizer:

— Não seja covarde. Vista seu uniforme e acabe com o Decatur.

A treinadora continuou:

— Se ela acordar até lá, você estará livre para ficar com ela. Do contrário, espero que você compareça.

Aquilo soava duro e cruel, mas eu sabia que precisava jogar. Eu tinha de jogar porque Elowyn não podia, porque talvez ela não pudesse voltar a jogar até o fim da temporada.

O Decatur passou por cima de nós. A treinadora implorou, estimulou, suplicou, mas o fogo do nosso time tinha se apagado. Especialmente o meu. Eu continuava jogando a bola para o lugar de Elowyn no rodízio, mas ela não estava lá. Ela não estava lá.

Depois do jogo, Wyat me procurou e me perguntou se eu queria uma carona até o hospital. Mamãe me dera permissão para voltar para casa mais tarde, e eu queria ver Elowyn. Eu entendia a necessidade de Wyatt de ir — ele só queria ficar perto dela, assim como eu.

Nós não tínhamos muito o que conversar no caminho, o que eu achei ótimo.

Terri nos abraçou assim que entramos na sala de espera. Ela parecia estar prestes a desfalecer; ainda assim estava bonita.

— É bom vê-lo, Wyatt.

Ele não a olhou nos olhos e se segurava para não chorar.

— Eu sinto muito — ele disse.

— Todos nós sentimos. Você quer vê-la?

A pergunta de Terri surpreendeu-me, pois eu não achava que Wyatt merecesse vê-la.

— Sim — a voz de Wyatt parecia rouca.

— Talvez você consiga chegar até ela. Nós não conseguimos.

As palavras de Terri fizeram-me sentir como se eu tivesse desapontado Matt, Elowyn e ela. Eu me lembrei de que Elowyn amava Wyatt. O amor deveria ser um remédio poderoso. E eu disse a Wyatt:

— Você deveria falar com ela.

Ele seguiu Terri até a UTI, e eles voltaram cerca de dez minutos depois. O rosto de Wyatt estava branco como giz. Ele não disse uma palavra, apenas caminhou pelo corredor e apertou o botão do elevador. Foi apenas depois de vê-lo partir que me dei conta de que tinha perdido minha carona para casa. Era quase meia-noite, e eu teria de ligar para minha mãe vir me buscar.

Terri pegou minha mão.

— Eu levo você. Matt quer que eu durma em casa esta noite. Ele voltará para ficar com seu "docinho".

Quando Matt entrou na sala, Terri despencou em seus braços. Eu os observei enquanto se abraçavam por um longo tempo e me perguntei como seria ter alguém com quem contar, da mesma forma como eles tinham um ao outro. Eu me perguntei se minha mãe sentia falta do meu pai e então me desviei desse pensamento. Por que ela sentiria falta dele? Ela dera a ele uma escolha, e ele escolhera nos deixar.

No carro, Terri estava estranhamente quieta. O aquecedor me esquentou, e, em poucos minutos, eu estava dormindo. A tensão dos últimos dias, o esforço do jogo daquela noite e a tristeza dentro da minha alma faziam-me querer dormir por um ano.

Na entrada da minha garagem, Terri desligou o motor e tocou meu ombro, despertando-me do estupor.

— Eles querem desligar os aparelhos — ela disse baixinho.

— O quê?! — De repente eu estava completamente acordada. — Mas por quê?

— Os médicos nos disseram que os testes dela caíram muito. Eles dizem que o trauma é profundo e irreversível e que, na realidade, ela está com um quadro de morte cerebral. Pupilas dilatadas e fixas... olhos de boneca, eles chamam. Sem resposta à dor. Sem atividade cerebral nas tomografias. A única coisa que a está mantendo viva são os aparelhos. Ela nunca se recuperará. — Terri olhava fixamente para além do para-brisa, narrando os fatos e as estatísticas numa voz sem entonação.

— Nunca? — Eu não conseguia processar o que ela estava me dizendo. Nunca significava para sempre.

— O corpo dela começará a se desligar, com ou sem as máquinas.

— Você acredita neles?

Ela virou seu rosto para me olhar.

— Minha menininha nunca mais voltará para casa.

O carro estava ficando frio, e eu tremia enquanto tentava entender tudo o que Terri estava me dizendo.

Ela respirou fundo.

— Você sabia que ela marcou aquela opção na parte de trás da carteira de habilitação para ser doadora de órgãos?

— Eu... Eu acho que não. — Eu prolonguei as palavras enquanto me esforçava para lembrar de alguma coisa. — Um homem foi até a nossa escola. Ele queria nos impressionar quanto a dirigir com segurança. Você sabe, beber e dirigir. E ele nos contou que seu irmão tinha sido morto por um motorista bêbado, mas que eles doaram seus órgãos para ajudar outras pessoas, para que assim a morte dele não tivesse sido em vão. Ele nos disse que a doação de órgãos era... você sabe... nobre. Elowyn e eu conversamos a respeito, mas eu não sabia que ela tinha marcado a opção de doação.

— Bem, ela marcou. As pessoas que cuidam dos transplantes conversaram conosco ontem. Elas disseram que seus órgãos ajudariam muitas pessoas.

— Você vai doar os órgãos dela? — Essa ideia me fazia sentir mal. Não a doação de órgãos em si — o discurso daquele homem fora inspirador —, mas doar os órgãos de Elowyn! Como eles podiam fazer isso?

— É o que ela queria que fosse feito. Ela continuará com a aparência perfeita... depois. Externamente ela continuará a mesma. Os órgãos dela salvarão muitas vidas e... — Ela não terminou a frase.

Eu quase me sufoquei em minhas lágrimas, mas não desmoronei na frente de Terri. — Você tem certeza? Quanto ao... seu cérebro?

Ela concordou com a cabeça, respirando fundo.

— Nós vamos passar o dia amanhã com ela. Em um quarto privativo. Se ela continuar inconsciente e sem alterações até o final do dia, nós deixaremos que eles desliguem os aparelhos. A equipe de transplante estará lá... — Ela desmoronou e não conseguiu continuar.

Nem eu. Entorpecida, agarrei o puxador da porta, cega pelas lágrimas.

Antes que eu pudesse sair do carro, Terri me chamou:

— Por favor, venha se despedir dela amanhã.

Eu só consegui entrar em casa antes de mergulhar no chão de joelhos, soluçando. Minha mãe estava me esperando acordada e correu até mim.

— O que aconteceu, querida? O que houve?

Eu consegui contar a história com muito esforço. Ela ouviu, deu-me um lenço e ajudou-me a levantar e ir para o meu quarto. Sentou-me na cama e tirou os meus sapatos, depois me fez deitar e me cobriu com a manta de lã que Elowyn e eu compramos juntas depois de pintarmos as paredes do meu quarto de roxo e meus móveis de branco.

Eu chorei sobre o tecido macio. Em certo momento, mamãe deitou-se lentamente na cama comigo e me abraçou, sussurrando palavras tranquilizadoras no meu ouvido. Ela me confortou como se eu fosse uma criança pequena com medo do escuro, até que o meu corpo parou de tremer e eu mergulhei em um sono escuro e sem sonhos.

7. Kassey

Eu parecia uma garota morta enquanto caminhava. Mamãe e eu estávamos na ala cirúrgica do hospital, indo em direção ao quarto privativo onde Elowyn estava deitada, imóvel, ligada às máquinas. Ela era mantida viva a fim de manter seus órgãos também vivos e viáveis para o transplante. Eu sabia que, por trás da enorme porta dupla no fim do corredor, havia uma equipe de transplante aguardando.

Após conversar com minha mãe a maior parte da manhã, eu me resignara ao que estava acontecendo. Entendi que partes do corpo da Elowyn salvariam outras vidas. Eu sabia daquilo na minha cabeça, mas no meu coração era difícil aceitar a realidade.

— Você gostaria de viver dessa forma? — mamãe me perguntou. — Ligada a máquinas?

— Você me desligaria? — eu perguntei.

— O que você gostaria que eu fizesse?

Eu não enxergava nada além das paredes de tijolos.

— Acho que eu gostaria que você doasse — eu respondi. — Me parece o melhor... Se eu estivesse morta.

Ela acariciou minha bochecha.

— Como a Bruxa Malvada do Oeste no Mágico de Oz? De fato, jura?

Eu esbocei um sorriso apagado.

Terri e Matt estavam no quarto com Elowyn, cada um deles de um lado da cama, segurando as mãos dela e chorando. O tubo de ventilação estava colado ao seu rosto, e a máquina sibilava silenciosamente, fazendo o trabalho que ela não podia mais fazer sozinha.

— Entre — disse Terri. Seus olhos estavam vermelhos e inchados. — Diga seu adeus.

Mamãe e eu nos aproximamos. Olhei para o rosto de Elowyn. Parte do inchaço tinha diminuído, e a pele ao redor de seus olhos estava mudando de vermelha para roxa. — Ela parece estar dormindo — eu disse. Eu queria tocá-la enquanto sua pele estava quente e viva.

— Vá em frente — disse Terri, como se estivesse lendo minha mente.

Eu passei a mão pelo rosto de Elowyn, na esperança de que ela respondesse ao meu toque, desejando que ela se sentasse e dissesse:

— Pare com isso!

Minha garganta estava cheia de um milhão de coisas para dizer, mas a minha voz não conseguia encontrar uma forma de sair. Dei um passo para trás. Terri me puxou para seus braços e me apertou com tanta força que eu mal podia respirar. Eu a sentia tremer.

— Você era como uma irmã para ela — ela sussurrou no meu ouvido.

As lágrimas me cegavam.

— Está na hora de ir. — Mamãe colocou seu braço ao redor da minha cintura e ajudou-me a caminhar até a porta aberta. Nós seguimos pelo corredor, deixando os pais de Elowyn a sós com sua filha, os aparelhos e a equipe de transplante.

Seu nome era Elowyn Eden.

Ela era minha melhor amiga.

Ela morreu quando tinha dezesseis anos de idade.

Parte Dois

8. Arabeth

A ligação veio em um domingo de manhã. Eu ouvi o telefone, estava deitada na minha cama, no meu quarto, recebendo oxigênio de um grande tanque verde ao meu lado, que me fazia companhia quase 24 horas por dia. Em seguida, ouvi mamãe subir a escada com pressa e abrir a porta do meu quarto. Sem fôlego, ela disse:

— Eles têm um coração.

Eu me sentei. Meu coração se agitou com o esforço e a onda de adrenalina.

Mamãe correu até o meu guarda-roupa, abriu a porta e pegou uma mala que estava pronta fazia meses aguardando essa ligação.

— Não se mexa. Vou jogar isso no carro e volto para ajudá-la a descer a escada.

Após deixar a mala no carro, ela voltou, ajudou-me a me levantar e colocou meu oxigênio em uma unidade portátil que eu podia carregar na mão. Observei o meu quarto lentamente, perguntando-me quando eu o veria novamente. Ou se o veria. No carro, eu disse:

— Espero que esse não seja outro alarme falso.

Quando eu tinha treze anos, recebemos uma ligação do Emory Hospital dizendo que o serviço nacional de doações tinha um coração para mim. O coração estava vindo de avião de alguma cidade da Georgia para Atlanta, e a equipe de transplante estava pronta, aguardando. Nós fomos para o hospital rapidamente. Eu estava preparada para entrar na sala de cirurgia, pronta para receber um coração novo, uma vida de verdade. Eu poderia correr novamente! Pular! Frequentar uma escola comum. E então veio a grande decepção, quando o coração foi declarado impróprio, e eu tive de voltar para casa, para a minha velha rotina.

— Você está no topo da lista — meu médico disse, tentando me consolar.

Eu sabia que o transplante baseava-se primeiro na necessidade, depois na compatibilidade de sangue e células e no tamanho do corpo — eles não podiam colocar um coração gigante em uma criança pequena. Estar no topo da lista não fazia diferença se todas as outras coisas não fossem compatíveis.

— Que forma de ser a número um... — eu disse. — Sem nenhum esforço da minha parte. Apenas sorte.

Agora, um ano depois, eu estava novamente cheia de esperança, desejando que o transplante acontecesse, para que tudo isso acabasse e eu finalmente ficasse bem.

Mamãe atravessou um sinal vermelho.

— E se algum policial parar nosso batmóvel? — eu perguntei.

— Então ele poderia nos escoltar — ela respondeu.

No hospital, havia enfermeiras me aguardando com uma cadeira de rodas. Elas me levaram até o andar de cima, me colocaram em uma maca e começaram a me preparar. Uma bata cirúrgica, uma touca descartável na cabeça, acessos intravenosos no meu braço e eletrodos no meu peito. O Dr. Chastain apareceu no quarto.

— Como estamos, Arabeth?

Ele era cardiologista e chefe da equipe de transplante. Na sala de cirurgia, haveria um exército de pessoas para auxiliá-lo.

— O coração é bom? — eu perguntei.

— É, sim.

— Não será como da última vez?

— Este coração veio de uma adolescente, como você. Ela morreu de traumatismo craniano.

Não "como eu", eu pensei. Ela tinha sido uma adolescente normal.

— O que mais?

Ele encolheu os ombros. Os segredos são guardados no programa de doações. Eles não dizem muita coisa sobre o doador, alegando ser informação confidencial.

— Você se lembra do que eu lhe disse sobre a operação? — ele perguntou, mudando de assunto.

— Sim — como eu poderia me esquecer dos detalhes sangrentos? Eu seria aberta como um peixe, desde a clavícula até o tronco. A equipe de transplante me ligaria a uma máquina coração-pulmão artificial, resfriaria meu sangue para proteger meu corpo e meu cérebro, removeria meu coração frágil e então colocaria um novo. Eu ficaria clinicamente morta até que o novo coração estivesse costurado e fosse reiniciado.

— Serão seis horas... Mamão com açúcar — o Dr. Chastain brincou comigo. — Eu preciso religar todos aqueles pequenos vasos. Mas eu sou muito bom com uma linha e uma agulha.

— Talvez você possa fazer um vestido de formatura para mim um dia — caçoei. Eu estava ficando sonolenta com medicação intravenosa.

Mamãe pegou a minha mão.

— Fique firme.

— Quem você supõe que ela era? — eu perguntei. — A menina. Eu gostaria de poder conhecer a família dela... Agradecê-la.

— Todos nós somos gratos — mamãe disse. Ela se inclinou em minha direção, me deu um beijo e me abraçou, em meio às lágrimas. — Estou esperando, querida. Eu, tia Vivian e tio Theo. Nós amamos você. *Eu* amo você.

— Eu também amo você, mamãe.

Eles me levaram até o fim do corredor. Eu via as lâmpadas passarem acima da minha cabeça. Estava envolvida em lençóis quentes, mas minhas mãos estavam dormentes e meu lábios, frios. Era isso. Sem nenhum ensaio. Eu pensei novamente na menina que morrera e em seus pais, que doaram o coração dela para mim, uma estranha. Quem era ela?

A sala de cirurgia estava repleta de máquinas e de pessoas. Meu cérebro ficou confuso. O Dr. Chastain se inclinou e disse:

— Pronta para dormir, Arabeth?

Eu não conseguia formar palavras, então concordei com a cabeça.

O anestesista colocou uma máscara sobre meu nariz e minha boca. A sala ficou embaçada. Meu último pensamento foi para meu pai. Se pelo menos ele pudesse estar com mamãe enquanto ela esperava.

Um elefante parecia estar sobre o meu peito.

— Acorde, Arabeth — uma voz continuava dizendo. — Acabou. Você tem um coração novo.

Eu me esforcei para obedecer à voz e abrir meus olhos. A dor era horrível, o peso no meu peito, quase insuportável. Eu me forcei a abrir os olhos, vi uma enfermeira e, ao lado dela, minha mãe.

— Oi, querida. — Mamãe afagou minha bochecha. — Você passou por tudo muito bem.

Eu tinha um tubo na garganta. Não conseguia falar.

— Olhe — disse ela. Cuidadosamente ela levantou a minha mão até minha linha de visão. Minhas unhas estavam cor-de-rosa brilhante, e não azuis como elas tinham sido por anos. Lágrimas escorreram. O novo coração estava bombeando meu sangue até a ponta dos meus dedos, para todas as células do meu corpo. Eu estava viva.

Disseram-me que passar pelas primeiras 24 horas era sinal de uma recuperação boa. As primeiras 24 horas voaram, e as seguintes, e as seguintes. Eu me sentia tão bem que me sentei na ponta da minha cama, no segundo dia, e fiz uma breve caminhada com o auxílio de uma enfermeira. Eu conseguia respirar livremente. Eu tinha energia. Perguntei:

— Então é assim que pessoas saudáveis se sentem?

Mamãe deu risada.

— Ah, querida, você está maravilhosa!

— Sua pele está rosa como bumbum de bebê — disse a tia Vivian.

Eu tinha sido colocada em um quarto limpo, e qualquer pessoa que fosse me ver teria de vestir uma máscara e um avental esterilizado. Os germes eram meus inimigos mortais, pelo menos até que o tratamento medicamentoso estabilizasse o sistema imunológico. É claro que sempre havia uma chance de rejeição, a possibilidade de o meu corpo se rebelar e não aceitar o novo órgão. Então, com os antibióticos, eu também recebia medicamentos para combater a rejeição.

— Você terá de tomá-los a vida toda — o Dr. Chastain me disse.

— E inchar como um sapo — eu disse. As drogas apareceriam no meu rosto, fazendo-o inchar até que ele parecesse uma lua cheia.

— Os efeitos diminuirão aos poucos — ele disse. — E os remédios evitarão a rejeição do órgão.

Eu faria qualquer coisa para proteger meu coração novo, até ficar com uma aparência grotesca.

Tia Viv disse que ela e minha mãe fariam uma transformação no meu quarto.

— O que você quer? — perguntou ela. — Alguma cor especial? Algum estilo?

Minha cabeça se encheu de imagens das cores amarela e azul-escuro e de campos cheios de lindas lavandas roxas, balançando com a brisa.

— Amarelo, azul e lavanda — eu disse antes mesmo de perceber. — Você sabe, como na França.

— França? — Mamãe arqueou a sobrancelha. — De onde veio isso? Ficará diferente do restante da casa. Você tem certeza?

Mamãe tinha uma pousada na histórica Roswell, um subúrbio de Atlanta, onde eu morava.

Nossa casa era decorada em estilo rústico, com antiguidades e móveis pintados, piso de madeira de pinho e sofás e poltronas relaxantes e floridos. Nós tínhamos quatro quartos de hóspedes no andar de cima, uma sala de jantar grande para nossos hóspedes e uma cozinha onde mamãe fazia as refeições no estilo sulista — não apenas o café da manhã, mas o almoço e o jantar também. Nosso pátio era cercado por jardins. Mamãe e eu morávamos em uma parte recém-construída no fundo da casa, com dois quartos em cima e uma pequena sala familiar no andar principal. Ela carregara o estilo campestre por toda a casa.

Então eu disse:

— Tenho certeza. Quer dizer, já que você me pediu para escolher um estilo...

Mamãe e tia Viv olharam uma para a outra. Mamãe disse:

— Bem, se é isso que a minha menina quer, é o que ela terá. França, então.

Eu mesma estava intrigada com essa escolha. Se uma parte do mundo me interessava era a Inglaterra — um lugar sobre o qual eu lera muito nas obras de Jane Austen. Ainda assim, a impressão da França era tão forte na minha mente que eu não poderia ter dito qualquer outra coisa. Isso me pareceu estranho.

Fui para casa em um dia ensolarado de abril, usando uma máscara de proteção e com ordens restritas para não frequentar locais públicos durante mais seis semanas.

— Nada de ir ao shopping — o Dr. Chastain me dissera. Eu tinha uma longa lista de instruções e um recipiente de plástico cheio de comprimidos. Em casa, mamãe marcava os dias das visitas de acompanhamento em vermelho, em um calendário gigante fixado na parede.

Eu me sentia bem e não queria ficar confinada em casa. Mas também não queria ficar doente.

Quando abri a porta do meu quarto, quase não acreditei no que meus olhos viram. Ele estava transformado.

— Você gostou? — perguntou mamãe.

— É o campo francês. Nós copiamos as cores e o estilo de um livro de decoração — explicou tia Viv.

— É lindo! — eu disse. As paredes eram amarelas, os móveis, azuis e brancos. Uma estampa de girassóis cobria a colcha e as fronhas. Havia almofadas azuis com detalhes amarelos, um pôster emoldurado de um lago de jardim acima da cama e um abajur vermelho brilhante sobre um novo criado-mudo. O perfume de lavanda pairava no ar.

— Então nós acertamos? — tia Viv perguntou.

A pele dos meus braços e a minha nuca formigavam. Algo naquele quarto me parecia familiar, mas como poderia ser? Eu não sabia nada sobre a França. Eu nunca tinha sequer feito um trabalho de pesquisa sobre aquele país. Nunca tinha visto o estilo de decoração campestre francês na minha vida, e ainda assim eu me sentia em casa naquele quarto.

— É perfeito — eu respondi. — Totalmente perfeito.

9. Arabeth

Eu dividia minha vida em duas partes: os anos horríveis e os anos verdadeiramente horríveis. Eu era filha de militar, então nós nos mudávamos muito. Mamãe estava sempre fazendo ou desfazendo malas — rostos novos, escolas novas, casa nova. Quando eu tinha seis anos, meu coração começou a falhar. Era algo genético, e nada com que eu não pudesse conviver no início. Eu brincava muito e parava quando ficava sem fôlego. Era simples. Mas aquilo era apenas o início dos meus anos horríveis.

Quando eu estava com dez anos, meu coração já estava trabalhando demais, e tive de desacelerar, ficar dentro de casa, mesmo no calor do verão, e tirar sonecas como uma criança de dois anos. Papai foi então promovido a sargento e transferido para o Texas, onde morávamos perto de um grande hospital infantil e de um médico que cuidava de mim. Ouvi meu médico usar a palavra *transplante* duas ou três vezes, e isso fazia mamãe chorar e papai ficar triste. Aquilo me incomodava, porque eu não queria vê-los infelizes.

Papai me chamava de sua princesa e construiu uma casa de brinquedo para mim no quintal, grande o suficiente para duas crianças tomarem chá e brincar, fingindo ser princesas de verdade. Era verde-limão com detalhes em um rosa vivo; tinha uma porta que abria e fechava, duas janelas e uma mesa com três cadeiras. Todas as crianças que moravam na base de moradia militar queriam ser minhas amigas. Especialmente Mônica. Ela me visitava todos os dias, e nós compartilhávamos tudo. Na casa de brinquedo, nós podíamos ser quem quiséssemos. Ela queria ser estrela de cinema. Eu queria ser ginasta. Aquela casa era mágica.

Os anos verdadeiramente horríveis começaram quando eu tinha quase doze anos, e papai foi enviado ao Afeganistão para cumprir uma missão de dois anos. Mamãe e eu ficamos sozinhas, à espera de suas cartas, e-mails, telefonemas. Ele me enviava presentes: algumas bonecas.

— É com isso que as meninas daqui brincam — dizia ele, uma pipa linda e, no Natal daquele ano, uma sela de camelo. Eu não tinha um camelo para montar, então mamãe colocou um cavalo de brinquedo no meu quarto, e eu usava a sela nele. Ela era estranha, mas eu gostava dela porque tinha sido um presente do meu pai.

Quando eu comecei o sexto ano na escola, ele ainda estava do outro lado do mundo. Meu coração estava ficando cada vez mais fraco, mas eu me arrastava para a escola porque ficar em casa sozinha o dia todo era solitário demais. Mamãe trabalhava meio período na intendência e como voluntária; ela ajudava as jovens esposas de militares a se adaptarem ao estilo de vida do exército. Minha vida social entrava em declínio. Era difícil para mim manter o ritmo, ir a lugares como a pista de patinação e a pista de boliche. Eu me sentia cansada o tempo todo e sem fôlego. Eu me apeguei a Mônica, minha única amiga, até que um dia ela veio até mim no corredor e disse:

— Eu não quero mais ser sua amiga.

Eu não conseguia acreditar.

— Por quê?

— Tenho amigos novos — ela disse.

Atrás dela eu vi um grupo de meninas que eram populares na escola, e controlavam a ordem social. Elas eram lindas e malvadas, e Mônica e eu costumávamos zombar delas por trás. Agora ela estava me dizendo que se tornara uma delas. Eu quase caí no choro.

— Mas você é a minha melhor amiga — eu disse.

— As coisas mudam — disse ela, dando uma espiada por cima do ombro para ver se as outras a estavam vendo.

"A iniciação", eu pensei. Isso deve ser o que ela precisava fazer para se juntar a elas — me humilhar e seguir para uma vida nova. Funcionou. Eu me sentia péssima. Meu coração estava apertado, e não era por causa das suas falhas internas.

Infantil, eu disse:

— Mas a minha casa de brinquedo...

Ela me deu um sorriso malicioso.

— Isso é coisa de criança. Enquanto você brinca na sua casa de boneca, eu estou fazendo outras coisas.

Ela caminhou de volta para o grupo, e elas desapareceram no corredor. Fui até a sala do diretor e pedi para ir embora para casa. Eu disse à assistente do diretor que não estava me sentindo bem. Ela ligou para a minha mãe, e, quando eu entrei no carro, as comportas se abriram. Contei tudo a minha mãe.

— Isso é muito cruel — mamãe disse. — Você quer que eu ligue para a mãe da Mônica?

Horrorizada, eu disse:

— Não! Nunca! — Eu tinha doze anos. Tinha orgulho.

O orgulho era um conforto frio quando eu me sentava na cafeteria e ficava vendo Mônica e suas amigas novas caminhando em grupo pelo corredor. O pior de tudo é que eu nunca descobri por que elas me excluíram. Ou por que Mônica se juntou a elas.

Pouco antes de as aulas terminarem naquele ano, o pai de Mônica foi transferido. Para ela, ser transferida significava começar de novo em outra base, em outro estado, em outra escola; significava, no fundo, começar em uma nova ordem social e fazer amigos novos. Talvez ela escolhesse amigos melhores da próxima vez. Eu a vi chorando sozinha em um banco do ônibus, no último dia de aula, e o seu pequeno grupo de amigas não estava por perto. Tentei sentir pena dela, mas não consegui. Ela nunca me ligou para se despedir. Eu me tranquei na casa de brinquedos e chorei.

Meu coração estava piorando, e eu passei o longo e quente verão do Texas em casa. Eu já estava temendo pelo início do sétimo ano e por ter de voltar à escola, mas também estava aliviada porque não teria de ver Mônica, a traidora, todos os dias.

O dia mais horrível chegou no fim de uma tarde de julho. Eu estava sentada no sofá escrevendo uma carta para o papai. Ele dissera a mim e a minha mãe que gostava mais de cartas. Cartas o faziam se sentir mais perto de nós do que e-mails, mesmo que as cartas demorassem mais para chegar até ele. Também gostava dos pacotes que enviávamos — caixas com coisas que ele não conseguia encontrar no Afeganistão, como pasta de amendoim, revistas sobre esportes, bons sabonetes e, especialmente, os *cookies* com gotas de chocolate que mamãe fazia.

Eu vi o jipe pela janela e me sentei direito. O comandante da base e seu assistente vieram em direção à nossa porta. A placa de bronze no chapéu do comandante brilhava com a luz do sol. Meu coração começou a bater acelerado. — Mãe! — eu gritei. Ela estava na cozinha, começando a fazer o jantar.

Ela veio rapidamente, secando as mãos em uma toalha.

— O que aconteceu?

— O comandante está aqui.

Nós duas congelamos. A campainha tocou.

Notícias ruins do exército eram informadas pessoalmente.

— Vão embora — eu sussurrei.

Mas eles não foram. Entraram e contaram a mim e a minha mãe que meu pai, o Sargento Gordon H. Thompson, fora morto por uma bomba à beira de uma estrada de Cabul, no Afeganistão.

Eu me lembro de chorar mais do que já tinha chorado em toda a minha vida até então, e até hoje. Lembro-me de outras mulheres do exército vindo nos visitar, trazendo comida e abraçando mamãe enquanto ela chorava. Também me lembro do funeral de papai: soldados em uniforme de gala, o estalo dos rifles, o caixão envolvido em uma bandeira americana, a precisão na dobradura da bandeira e o comandante entregando-a a mamãe.

No caminho de volta para o carro que nos levaria de volta, eu desmaiei. Acordei nos braços de mamãe, que me segurava na grama, apertando-me e sussurrando:

— Não me deixe, Arabeth. Não se atreva!

Nós fizemos as malas, deixamos a base do exército e fomos para Atlanta, para a casa de tia Vivian. Vivemos com ela, tio Theo e meus três primos por alguns meses. Cindy, minha prima de sete anos, foi colocada para fora do quarto para que eu e mamãe pudéssemos ficar nele até que ela descobrisse o que iríamos fazer.

— Eu não gosto de você — Cindy me disse.

— Sem problemas — eu respondi. — Ninguém gosta de mim.

Com o dinheiro do exército, suas economias e a pensão de papai, mamãe comprou a pousada em Roswell. Eu entrei em um programa de aulas em casa. Quando o primeiro transplante fracassou, eu me isolei em um lugar obscuro dentro de mim. Fiz quatorze anos encarando os fatos da minha vida: eu não tinha um pai, não tinha amigos, tinha um coração que não funcionava bem e estava não somente sem esperanças mas também sem futuro.

E, então, em uma manhã, o telefone tocou e me ofereceram o coração de uma estranha.

10. Kassey

Se funerais serviam para encerrar uma etapa, o de Elowyn não funcionara para mim. Eu chorei ininterruptamente por dias, até que mamãe me forçou a ver uma conselheira de luto. A mulher não me disse nada que eu já não soubesse: o acidente de carro fora uma fatalidade sem sentido, era normal eu estar assim, mas eu não podia deixar que isso me dominasse. A vida seguia em frente... blá-blá-blá. Ela até sugeriu que eu tomasse um antidepressivo "por alguns meses". Eu não queria remédios. Eu não queria uma conselheira. Eu queria minha amiga de volta.

Eu não estava exatamente brilhando na quadra de vôlei também. Ainda gostava de jogar, mas as jogadoras do time me irritavam. Nenhuma delas jogava como Elowyn, que antecipava meus movimentos como se pudesse ler minha mente. A treinadora me chamou em seu escritório pouco antes dos jogos decisivos.

— Anime-se, Kassey. Não seja tão agressiva. As meninas estão reclamando.

— Então elas deveriam jogar melhor. — "Resmungonas", eu pensei.

— Nós chegamos aos jogos decisivos. Eu estou orgulhosa do nosso time. Mas o fato de a capitã estar sempre gritando e criticando cada erro não ajuda o estado de ânimo do time. Nós podemos vencer esse campeonato se trabalharmos juntas.

— Não era você que costumava dizer que erros não vencem jogos?

A treinadora suspirou.

— Eu sei que você está sofrendo, mas não pode descontar nos outros.

Eu tinha uma resposta na ponta da língua, mas me calei porque a treinadora não toleraria meu atrevimento.

— Sim, tudo bem. Eu vou me controlar.

Nós ganhamos o primeiro jogo, e o time queria sair para tomar sorvete, mas eu não estava no clima de comemoração. Olhei para as arquibancadas do ginásio procurando por mamãe, que vinha assistir a todos os meus jogos. À medida que as arquibancadas se esvaziavam e os alunos passavam por mim gritando "Foi ótimo o jogo!", encontrei-a na última fileira. Terri estava sentada ao lado dela. Meu coração falhou. Eu não a via desde o funeral e não esperava vê-la nesse jogo.

Mamãe acenou, e eu vi Terri e ela descerem pelas fileiras em minha direção.

— Ótimo jogo — mamãe disse, me dando um abraço.

— Maravilhoso — disse Terri.

— Obrigada. — Eu não conseguia olhar Terri nos olhos.

Ela estendeu o braço e pegou a minha mão.

— Eu... eu não consegui não vir. Eu sei o quanto El amava vôlei e o quanto ela jogava bem.

— Não é o mesmo... sem... — Eu não consegui terminar, porque um nó se formou e fechou minha garganta.

— Nós também sentimos a falta dela — disse Terri. — Mais do que eu consigo dizer. Matt queria vir também, mas não conseguiu.

Mamãe interveio:

— Talvez a gente possa tomar um café.

— Eu não deveria me intrometer...

— Não — eu disse. — É uma boa ideia.

Nós fomos ao Java the Hut, um café perto da escola. Escolhi uma bebida de xarope de fruta e mamãe e Terri tomaram café. Elowyn e eu nunca gostamos muito de café.

— Eu também sinto falta da agitação — disse Terri, mexendo o café. — Você sabe, todos aqueles adolescentes passando um tempo em casa. É tudo tão silencioso agora.

— Tenho saudade dos seus *cookies* — eu disse.

Ela sorriu, o canto de sua boca tremia.

— Eu montei dois álbuns de recortes. De nossas férias e de coisas de escola da Elowyn. Estou com tempo de sobra.

Ela parecia tão triste. Mamãe estendeu o braço e pegou sua mão.

— Nós devíamos ir ao cinema. E jantar também.

Terri concordou com a cabeça. Eu abaixei a minha.

— Kassey, você deveria aparecer para a gente conversar qualquer hora. Eu lhe mostrarei os livros.

— Eu vou — eu disse. — Quero vê-los.

Nós três ficamos quietas. Xícaras tilintavam ao fundo. A máquina de café expresso sibilava, e o telefone celular de alguém começou a tocar. Terri encarava a janela ao lado de nossa mesa como se estivesse olhando para um buraco negro. Eu tremia. Então, ela disse:

— Não toquei em nada do quarto dela. Só fechei a porta e deixei do jeito que estava. Sempre que olho lá dentro, é como se ela fosse voltar para arrumar a bagunça.

— Era uma bagunça organizada — eu disse. — Ela sabia exatamente onde estava tudo, independente de quanto o quarto estivesse bagunçado.

Mamãe limpou a garganta.

— Acho que devíamos ir.

— É claro. Kassey deve estar cansada.

— Estou bem — eu disse, sem muita convicção.

Nós nos levantamos.

— Eu falei sério sobre você nos visitar — Terri me disse. — Eu adoraria vê-la. — Ela nos abraçou, e eu fiquei olhando quando saiu pela porta.

No meu aniversário de dezesseis anos, mamãe me deu seu Honda de presente. Eu passara na prova para a carteira de habilitação no dia anterior, no dia do meu aniversário.

— Para mim? Mas como você vai para o trabalho?

— Com um carro usado que eu comprei. Nós vamos buscá-lo esta tarde. — Ela sorriu e me abraçou. — Este carro é pesado e velho, mas é confiável. Os pneus estão novos, e o óleo e a manutenção estão em dia. Eu paguei o seguro e enchi o tanque também. Você terá de reabastecer só daqui a um tempo.

Peguei a chave.

— Eu vou arrumar um trabalho.

— No verão — mamãe rebateu. — Neste momento, o seu trabalho é a escola.

— E o vôlei. — Joguei a chave para o alto e a apanhei antes que caísse no chão. — Eu vou dar uma volta.

— Antes das panquecas?

— Quem está com fome? — Peguei minha carteira e corri pela porta.

— Tenha cuidado — ela gritou lá de dentro, parecendo ansiosa. A memória do acidente de Elowyn ainda estava fresca em nossa memória.

— Vou ter — eu disse, dando ré cuidadosamente na garagem. Ao final da rua, pisei no acelerador, e o pneus cantaram um pouco à medida que eu ganhava velocidade.

Este era o melhor presente do mundo. Eu tinha liberdade. Alguns trabalhos como o de babá manteriam o tanque cheio até que o verão chegasse. Cheguei ao semáforo, virei à direita. Liberdade! Então, o que eu faria com ela? Reduzi a velocidade. A única pessoa no mundo com quem eu queria sair não estava mais aqui. Meu coração desmoronou. Eu dirigi sem destino. Minutos depois, sem ao menos perceber como eu tinha chegado lá, me dei conta de que estava na rua de Elowyn, em frente à sua casa. Parei o carro do outro lado da rua, deixei o motor ligado e encarei a casa de tijolos aparentes onde ela tinha morado. Talvez devesse entrar e falar oi. Terri não tinha pedido que eu a visitasse? Mas eu não conseguia chegar à porta da frente.

Um barulho persistente tirou-me da nuvem de indecisão. Estendi o pescoço e consegui apenas ver por cima do grande arbusto que parcialmente escondia o caminho que levava à garagem. Era de lá que o som vinha. Dei ré para ter uma visão melhor. O que eu vi me deixou estupefata. Na entrada da garagem estava o que sobrara do carro de Elowyn. A grade frontal estava estraçalhada, destruída e retorcida pela pancada. O vidro do para-brisa desaparecera, e um dos para-lamas também estava faltando. Então vi Matt sobre o teto do carro, com um martelo de forja na mão. Ele o golpeava repetidamente, atingindo o metal vermelho amassado, como se quisesse punir o metal. A cada golpe, eu o ouvia praguejar. Observei-o, atônita. Eu não conseguia ver seu rosto, mas sabia que ele estava chorando. Matt queria sua filha de volta. Desviei o pensamento para meu pai. Será que ele ao menos se lembrava de que era meu aniversário? Eu só conseguia pensar em El e no amor que o pai sentia por ela.

Fiquei olhando até que o som do martelo começou a incomodar meus ouvidos, até que Matt mal conseguia levantar a ferramenta pesada de ferro. Com as lágrimas correndo pelo rosto, avancei lentamente com o Honda, enquanto a alegria do meu aniversário se transformava em desespero.

11. Arabeth

Meu novo coração estava se tornando parte de mim. Em três meses os efeitos colaterais dos medicamentos começaram a diminuir, e meu rosto parecia mais normal. O médico tinha traçado uma rotina: medicamentos antirrejeição pelo resto da vida, e oito, talvez dez, biópsias durante o primeiro ano para detectar a possibilidade de rejeição; exames de sangue a cada dois meses. Eu odiava a ideia de ser uma cobaia, de ir ao hospital para fazer exames aparentemente intermináveis, mas era o que tinha de fazer.

— As coisas vão mudar — ele disse para mim e para mamãe. — Assim que você chegar ao fim deste primeiro ano em segurança, terá de voltar apenas para fazer uma ecocardiografia duas vezes ao ano e uma angiografia anual. Os exames de sangue ainda continuarão a ser feitos, mas você é jovem e este coração é forte. Nunca tome um medicamento sem consultar um médico, certo? Você poderá desencadear um episódio de rejeição.

É claro que eu entendia direitinho e concordava com tudo aquilo, mas eu certamente não precisava gostar.

Eu estava ficando mais forte a cada dia e já conseguia ajudar mamãe na pousada. O verão é a época mais agitada, e os quartos geralmente são bem requisitados, especialmente nos fins de semana. Eu a ajudava a trocar os lençóis, passar o aspirador, lavar os banheiros, fazer o café da manhã — todas as coisas que ela teve de fazer sozinha quando o meu coração estava falhando.

Ela estava ansiosa no início.

— Você tem certeza de que não está exagerando, querida?

— Estou me sentindo ótima — eu dizia a ela. E me sentia mesmo. Quem imaginaria que tirar o pó e aspirar pudessem ser atividades tão libertadoras? Para mim, eram.

Numa tarde, quando eu estava ajudando mamãe a trocar a roupa de cama, eu disse:

— Gostaria de saber mais sobre a minha doadora.

— Você sabe o mesmo que eu sei, querida: ela tinha dezesseis anos e morreu em um acidente de carro.

— Eu queria poder agradecer à família dela.

— Eu também — mamãe disse, arrumando o lençol de cima. — Não deve ter sido fácil concordar em doar os órgãos de uma filha para estranhos.

— Você faria isso? Quero dizer, se eu não estivesse bem e meus órgãos estivessem em boas condições?

— Eu não teria pensado nisso antes.

— Mas e agora?

— Eu fui a primeira a ver como isso mudou nossa vida. Agora eu vejo você radiante, respirando fundo, correndo pelas escadas e se tornando uma menina normal. Isso mudou a minha maneira de ver a vida.

Passei a mão pela colcha que mamãe jogara na cama enquanto falava:

— Eu gostaria que papai pudesse me ver agora.

— Eu também — ela disse. — Ele estaria muito feliz.

Senti a dor penetrante da perda. Pensei que ela tivesse atenuado ao longo dos anos, mas eu estava errada. Parecia que meu novo coração era tão capaz de quebrar quanto meu velho coração doente.

— Mas eu quero ir para a escola Roswell High agora.

— Fora de questão — mamãe disse durante o jantar, um mês antes de as aulas começarem.

Eu me sentia sem ar. Estava planejando minhas aulas e o meu guarda-roupa havia dias, animada para começar a frequentar uma grande escola pública. Mas agora mamãe estava me dizendo que eu teria de frequentar uma pequena escola particular, não muito longe de onde morávamos. Pensei em quem eu conheceria, nos meninos com quem eu flertaria, e agora os meus planos estavam virando fumaça.

— Você sabe que não é isso que eu quero. Aguardei ansiosamente por isso o verão todo.

— É o que eu quero — ela disse com firmeza. — Você teve sorte em conseguir entrar na Athena Academy. Se as suas notas não fossem tão boas...

— Então me lembre de voltar a ser burra! Eu não vou pra lá. — Eu me levantei da cadeira. Como eu arrumaria um namorado estando presa a um monte de meninas o dia todo?

— Sente-se — mamãe ordenou.

Todos os anos de criação militar vieram à tona, e eu me sentei.

Mamãe se inclinou para a frente.

— Eu quero você em segurança. Quero você em uma escola menor, caso qualquer coisa aconteça.

— Nada vai acontecer. Eu estou bem. O meu médico mesmo disse.

— Você está indo bem, mas o processo do seu transplante ainda não está totalmente concluído. É cedo demais para você se jogar na desordem do mundo real.

— Sem chance! — eu gritei.

Ela agarrou a minha mão.

— Pare com isso! O que deu em você, Arabeth? Não é do seu feitio discutir e brigar. Apenas para que você saiba, eu não vou mudar de ideia. Você vai para a Athena e fim de conversa.

Cruzei então os braços, de modo desafiador.

O rosto dela então suavizou.

— Mas eu prometo que, se você tiver um bom ano, se ficar bem fisicamente, eu deixarei você ir para a Roswell High no ano que vem, se você ainda quiser.

Meus lábios tremiam de raiva e desapontamento. Eu não queria passar o segundo ano do ensino médio com um monte de meninas. Mas eu conhecia a minha mãe. Uma vez que ela tomava uma decisão, o assunto estava encerrado. Engoli mais algumas garfadas do jantar antes de deixar a mesa e ir para meu quarto.

Eu andava a passos largos pelo quarto, espumando de raiva. Mas, quando vi minha imagem refletida no espelho, parei, congelada. A menina no espelho não se parecia comigo, e me virei para ver o reflexo novamente. Por que eu ficara tão irritada? Semanas antes, eu teria ficado aterrorizada de frequentar a Roswell, de lidar com garotos. Nunca tinha tido uma conversa real com um menino da minha idade; não conhecia nenhum. E agora estava brigando com minha mãe sobre um mundo que só existia na minha imaginação.

Talvez fosse o pensamento de todas aquelas meninas estranhas e malvadas que pudessem arruinar minha vida com observações cruéis e frias, como Mônica e seu círculo de amigas tinham feito. "O quinto ano acabou", lembrei-me. Atlanta era uma cidade nova. Eu tinha um coração novo. Era uma pessoa nova. Pela segunda vez, tentei imaginar a vida da menina de dezesseis anos cujo coração batia dentro de mim. Eu acreditava que ela nunca fora uma menina má. De alguma forma, no fundo, eu sabia disso.

Eu tive de ir para a Athena. Eu a chamava de AA, como os lugares de reabilitação que os alcoólatras frequentam.

— É o requerimento de admissão — a sra. Hawkins, diretora da escola, disse a minha mãe no dia em que fomos lá. — Com base nos seus históricos, tenho certeza que você se dará bem.

Ela caminhou comigo, mostrando-me a escola e o terreno. Mamãe já tinha visto antes, quando escolheu a escola, então ela decidiu esperar no escritório da sra. Hawkins. A escola era grande e linda, com copas de árvores de magnólias, prédios de tijolos vermelhos e salas de aula modernas e bem equipadas. Apesar de tentar manter o preconceito contra ela, não consegui.

Finalmente, a sra. Hawkins levou-me até uma sala e entregou-me vários blocos de papéis. Ela disse:

— Estas são as provas padrão. Preencha os círculos com as respostas corretas. Na última página do número quatro, você deve escrever uma breve redação. Nós gostaríamos de ter uma ideia das suas habilidades de escrita. A redação deve ser sobre os seus pensamentos e planos para o futuro. Você terá uma hora. — Ela sorriu e deixou a sala.

Meus planos. Eu tinha algum? Passara anos sobrevivendo. Agora tinha um futuro. O que eu queria?

As provas foram fáceis. A redação, nem tanto. Ainda estava escrevendo intensamente quando a sra. Hawkins retornou à sala. Surpresa, olhei para cima.

— Seu tempo acabou — disse ela, vindo até mim.

Eu ainda estava segurando firmemente o lápis, no meio de uma frase.

— Eu... Eu não terminei.

— Não tem problema. Sua mãe me contou sobre os seus problemas de saúde.

Seu comentário me acertou em cheio.

— Não preciso de tratamento especial — eu disse, desafiadoramente.

— E você não receberá. — Ela olhou para baixo, para o papel escrito pela metade. Seu rosto se abriu em um sorriso. — Você é canhota. Eu também.

— Eu sou o quê? — perguntei.

— Você é canhota.

Eu olhei para a minha mão segurando o lápis e então o soltei, deixando-o cair como se estivesse pegando fogo.

— Não — eu disse. — Quero dizer, eu sou destra.

Ela parecia confusa.

— Mas você está escrevendo com a mão esquerda.

Fiquei gelada, e então um calor subiu pelo meu pescoço.

— Hum, na verdade não.

— Então você é ambidestra. Melhor ainda. — Ela pegou meu lápis, dobrou as provas e lembrou-me de que minha mãe estava me esperando.

Eu me levantei, trêmula, e a segui para fora da sala. Ela falou o caminho todo, mas eu não ouvia nada. Tudo o que conseguia pensar era nas palavras no papel que eu escrevera, todas com uma estranha inclinação para trás que não havia de fato na minha escrita.

12. Kassey

Mamãe me levou para ficar com meus avós no verão anterior a meu penúltimo ano do ensino médio. Estava realmente difícil encontrar um trabalho de verão, então eu estava disposta a ir.

— É melhor que ficar limpando a casa — ela me disse.

Nem tanto. Eu sentia saudade de casa. Eu sentia saudade de Elowyn. No fim das contas, meus avós me confortaram porque vovó me ensinou a assar todos os tipos de doces e vovô me ensinou a usar uma serra de mesa. Juntos, construímos um novo deque no quintal da casa. Eles não me pediram para falar sobre Elowyn, respeitando o desejo de guardar meus sentimentos. Vovó mencionou apenas uma vez algo do que eu não queria conversar — e não era sobre Elowyn. Estávamos abrindo uma massa para fazer torta, em uma manhã, quando ela disse:

— Sua mãe me contou que seu pai começou a pagar a pensão.

Congelei.

— Sim, ela me contou também.

— Ela me disse que ele quer retomar o contato com você.

Encolhi os ombros. A luz do sol estava entrando pela janela e atingindo a mesa, manchando a farinha e a massa cor de creme, deixando-as num tom pálido.

— Você não quer?

— Ele foi embora quando eu era muito nova. Mal me lembro dele.

— Steve era um homem bom. Ele se formou em engenharia e conseguiu um bom trabalho assim que saiu da faculdade. Sua mãe era muito feliz no início. Mas as drogas, bem, elas eram como uma camisa de força da qual ele não conseguia se libertar.

— Não gosto de drogas, vó. — Enrolei a massa e comecei a desenrolá-la novamente.

— Nunca pensei que você gostasse. Mas não se trata de drogas, Kassey. Trata-se do seu pai. Ele é o único que você terá. E está finalmente se aproximando de você.

— Mamãe poderia se casar novamente — eu disse, teimosa.

— É verdade. Mas Steve sempre será o seu verdadeiro pai. Não seja tão dura com ele. Ele está tentando recuperar a sua vida... Considere a possibilidade de dar uma chance a ele. Nunca é tarde.

Aborrecida, eu batia na massa para esticá-la, e ela se partiu. Amassei os dois pedaços juntos com vontade.

— Não estou interessada em conhecê-lo. Ele nos abandonou. Acabei de perder a minha melhor amiga. Tenho um ano difícil pela frente na escola. Não estou pronta para uma festa de abraços com um pai que nos deixou.

A geladeira zumbia na sala, silenciosa. Vovó abriu seu círculo de massa habilmente até que estivesse fina como papel, arremessando-a cautelosamente de uma mão para outra e espalhando-a gentilmente sobre a fôrma de torta cheia de mirtilos. Sem olhar para mim, ela disse:

— Seja cuidadosa com essa massa, querida. Se a manusear com muita força ela ficará dura.

No primeiro dia de aula, entrei pela porta da frente e meu coração despedaçou. No quadro de vidro do Aluno Exemplar, na parede ao lado da secretaria, havia uma foto 8 x 10 de Elowyn, em uma moldura preta. Abaixo da imagem havia seu obituário e uma homenagem escrita por um dos professores. Meus olhos se encheram de lágrimas e eu não consegui ler.

— Não esperava por isso — disse uma voz a meu lado.

Virei-me para encarar Wyatt e por um segundo perdi a compostura.

— Sinto a falta dela.

— Eu também.

Ele estava mais alto, parecia bronzeado e em forma.

— Você ainda está brava comigo? — perguntou.

Virei-me novamente para o quadro de vidro.

— Acho que não. — Arfei um suspiro. — Me desculpe por ter batido em você. Eu estava muito irritada. Sei que o que aconteceu não foi sua culpa.

— Sem problemas. — Ele me olhou de relance. — Já levei pancadas piores na quadra de basquete. Além disso, você bate como uma menina.

Respondi irritada:

— Eu tirei sangue de você. — Ele sorriu de modo forçado e mudei o rumo da conversa. — Sorte sua que eu sou uma menina. Senão, eu poderia ter destruído você.

— Eu carrego as cicatrizes. — Ele tocou a testa.

O fluxo de alunos entrando tinha diminuído e, com exceção de alguns retardatários, estávamos sozinhos ali.

— Não é justo... — eu disse — ... ela ter morrido.

— Nem um pouco. — Sua voz parecia abafada.

O fio de memória de Elowyn nos manteve juntos por mais um tempo. Mas o fio se quebrou. Nós nos viramos e seguimos nosso caminho apressadamente pelo corredor, cada um para seu destino e para longe da foto sorridente no vidro frio.

As memórias acabaram se tornando nossa cola; elas nos ligavam. Outros alunos também se lembravam da Elowyn, mas Wyatt e eu fomos os mais afetados por sua perda. Acabamos nos apegando. No início, apenas nos cumprimentávamos nos corredores e ocasionalmente almoçávamos juntos no refeitório. Mas depois começamos a assistir aos jogos um do outro e a desabafar quando o mau humor nos atingia. Conversávamos, trocávamos mensagens e saíamos juntos. Nada demais. Éramos como duas esferas que se cruzavam em intersecção quando precisávamos exorcizar o fantasma de Elowyn. Aquilo me confortava de uma forma que as sessões com a conselheira de luto jamais conseguiram. As memórias compartilhadas, as piadas internas entre nós, as histórias que contávamos sobre nossos momentos com ela nos uniam. Dávamos risada e, às vezes, chorávamos, mas o tempo que eu passava com Wyatt conversando sobre Elowyn me consolava da mesma forma que abraçar o meu cobertor de bebê quando era pequena.

Uma noite, após o Alpha ganhar um jogo de vôlei de lavada, tinha acabado de sair do banho e estava me trocando no vestiário quando Patti Aymon veio até mim.

— Wyatt está lá fora te esperando — disse ela.

— Eu sei. Já estou indo.

Ela não foi embora.

— Você precisa de alguma coisa? — perguntei.

Ela inclinou a cabeça.

— Você e ele estão tendo alguma coisa?

Eu me virei para encará-la.

— O quê?

— Você e Wyatt. Vocês estão sempre juntos. As pessoas estão comentando.

— As pessoas deveriam cuidar da própria vida.

Ela lançou as mãos ao alto.

— Ei, não mate o mensageiro. É só uma pergunta. Quero dizer, todo mundo entenderia. Ele é bonito, era o namorado da sua melhor amiga.

— Então, o que você quer dizer?

— Nada. — Mas ela respondeu de um jeito que parecia dizer "alguma coisa".

Rangi os dentes.

— Não gosto que falem de mim. E não gosto das suas insinuações. Wyatt e eu somos amigos. Apenas amigos. Temos alguém em comum, com quem nós dois nos importávamos. Nenhum de nós superou a sua morte. Agora vá embora e pare de fofocar sobre mim. Não quero o namorado da minha melhor amiga. Quero a minha melhor amiga.

Peguei o meu jeans e o meu suéter e terminei de me vestir em uma cabine do banheiro.

13. Arabeth

Há uma vantagem em frequentar uma escola só para meninas — não existe pressão nenhuma para impressionar os meninos. Mas também há uma desvantagem em frequentar escolas assim — não há meninos para impressionar. O princípio do *yin* e *yang*. Ainda havia um lado negativo maior, no meu caso. Todos já tinham suas amizades e panelinhas sólidas como cimento. Eu não era a única menina nova naquele ano, mas não existiam muitas de nós, então nos destacávamos. Durante a segunda semana de aula, após a aula de educação física, alguém notou a ponta da minha cicatriz, que vai desde o meu esterno até o umbigo.

— O que aconteceu com você? — perguntou a menina.

Puxei minha camisa até a garganta.

— Cirurgia — murmurei.

— Que tipo de cirurgia?

Eu mexia os números no cadeado do meu armário desesperadamente. “Esqueça isso”, eu implorava em silêncio. Não queria que toda a escola soubesse que passei por um transplante de coração.

— Foi quando eu era mais nova — eu disse, de forma evasiva. — Nada demais, mas deixou uma cicatriz.

A menina olhava para mim como se eu fosse uma aberração. Justamente o que eu não queria. Minha mente trouxe imagens de quando eu estava no corredor com Mônica me dizendo que tinha novas amigas, insinuando que essas novas amigas eram mais divertidas que passar o tempo em uma casa de brinquedo com uma menina doente como eu.

— Tenho de ir — disse à menina intrometida que me encarava, e saí apressada.

Mais tarde, quando contei a minha mãe sobre o incidente, ela disse:

— Por que não dizer a verdade? Que você passou por um transplante de coração que salvou a sua vida?

Ela não entendia.

— Serei como um inseto dentro de um vidro. E se elas começarem a falar de mim?

— Porque você fez um transplante? É uma interpretação exagerada, Arabeth.

— Elas farão um monte de perguntas que não posso responder. Como: quem é o doador? Como você se sente com o coração de outra pessoa? É nojento? Não quero ser um experimento de ciências.

Mamãe parecia chocada.

— Pensei que você fosse grata.

— E sou. Mas conversar com meninas é diferente. Só não quero que isso se espalhe.

Mamãe suspirou.

— Não vejo problema nisso.

"Você não é uma menina de quinze anos que quer se integrar," pensei.

— Acho que as únicas pessoas que precisam saber estão na secretaria — disse a mamãe. — E as suas professoras.

— E eles já sabem e não devem falar a respeito — eu disse.

Antes de deixar o quarto, mamãe me olhou e disse:

— Você está diferente, Arabeth. Desde o transplante, você tem agido de forma diferente, diferente de você mesma. Não o tempo todo, mas às vezes. Isso não é uma crítica — ela complementou rapidamente. — Apenas uma observação.

Eu também sentia isso, mas não tinha coragem de admitir. Não tive coragem de contar a ela sobre a redação que eu escrevera com a mão esquerda ou como eu tentara fazer aquilo novamente desde o ocorrido e não conseguira. De como segurar uma caneta com a mão esquerda parecia estranho e qualquer letra que eu conseguisse escrever parecia ter sido desenhada por uma criança de quatro anos.

— Talvez eu esteja diferente porque estou mais velha e, pela primeira vez em anos, me sinto bem.

— Sim, você está crescendo — ela disse, parecendo pensativa.

"E me afastando", pensei, mas não disse.

— Talvez seja isso mesmo — ela concluiu, sem parecer ter sido convencida.

Tínhamos de usar uniforme para frequentar a Athena — camiseta polo azul-marinho ou amarelo-claro e saia cáqui ou calça. Fiquei desapontada no início, mas depois me dei conta de que o uniforme tornava todas as meninas iguais — nada de roupas caras, etiquetas de marca e posturas do tipo "Eu sou mais rica que você". Às vezes a riqueza e o privilégio apareciam nas carteiras que elas carregavam, ou em suas pastas de computador — quem imaginaria que Chanel fazia pastas de computador com couro de crocodilo?

Nem todas as meninas na Athena eram bem nascidas. Algumas estavam lá por terem bolsa de estudos. Talvez algumas fossem como eu, beneficiárias do seguro social e do fundo do governo militar. Eu pensava nisso às vezes, no fato de que a morte do meu pai do outro lado do mundo tinha permitido que eu frequentasse uma escola tão prestigiada. Daria cada pedacinho dessa educação para tê-lo de volta.

Estava começando a gostar de Athena, mas nunca senti de fato que me encaixava lá, como se pertencesse àquele lugar. Eu definitivamente iria para uma escola pública no ano seguinte, independentemente do quanto minha mãe tentasse me convencer do contrário.

No aniversário de um ano do meu transplante, mamãe esbanjou e nos levou para jantar em um restaurante muito chique no centro de Atlanta. Ela pediu uma taça de champanhe e disse:

— À sua boa saúde — e deixou-me dar um gole.

— As bolhas fazem cócegas — eu disse.

Ela colocou a taça sobre a mesa e olhou para mim. Parecia ter algo para me contar.

— O que foi? — perguntei.

— Tenho falado com o seu médico a respeito do seu coração.

Meus últimos exames tinha tido bons resultados. Não teria exames novos a fazer por mais uns dois meses.

— Ele está pedindo *recall*?

Ela riu.

— Não, sua boba. Ele disse que foi chamado pelo centro de transplante. Contou-me que, em casos raros, quando todas as partes estão dispostas, eles permitem que as famílias do doador e do receptor se conheçam. Costumavam mantê-los separados, mas pesquisas mostraram que geralmente os dois lados querem se conhecer, e que isso é saudável. A família do doador vê o valor de doar os órgãos de um ente querido, e o receptor tem a chance de expressar sua gratidão.

— Ele disse que existem sites onde doadores e receptores podem pesquisar informações sobre a outra família. A equipe médica às vezes facilita esse encontro. Se todos quiserem. Se... se o receptor ainda estiver vivo. É por isso que eles esperam pelo menos um ano. É um período de adaptação.

As palavras dela caíram como um jato. Quando o fluxo cessou, perguntei:

— Você está dizendo que a família dela quer me conhecer?

— Só se você estiver disposta.

Recostei-me na cadeira, sentindo como se o ar tivesse sido tirado de mim. Não era eu quem sempre quisera agradecê-los? Não queria detalhes da minha doadora?

— Você acha que eu devo? — perguntei a minha mãe.

— A escolha é sua, Arabeth. Neste caso, não vou dizer o que você deve fazer.

Ótimo. Ela geralmente me dizia exatamente como agir. O coração no meu peito recuperou seu ritmo. Tinha a chance de ter a resposta para tantas perguntas. Eu tinha a chance de conhecer a família que tinha me dado uma vida nova. Como poderia recusar?

— Você pode pensar melhor. Não há necessidade de tomar uma decisão esta noite — disse mamãe.

— Gostaria de conhecê-los — falei sem pensar. — Mais que qualquer coisa.

Com os olhos úmidos, mamãe estendeu o braço e apertou a minha mão.

— Direi então ao seu médico. — Ela continuou apertando a minha mão. — Estou tão orgulhosa de você, querida. Seu pai também estaria.

O coração no meu peito se acalmou, entrando em um ritmo constante.

14. Kassey

— Você pode vir aqui? — perguntou Terri pelo celular. — Eu tenho algo para você.

Eu não a via desde novembro, quando cruzara com ela no shopping. Agora já estávamos em janeiro, quase um ano depois da morte de Elowyn.

— Claro. Quando? — Temia voltar à casa dela, mas Terri tinha me pedido para ir fazia muito tempo e eu ainda não tinha aparecido por lá. Nunca contei a ninguém sobre ter visto Matt atacando o carro destruído de El, mas sabia que nunca me esqueceria daquela imagem.

— Amanhã à tarde?

O dia seguinte era um sábado, e eu não tinha outros planos.

— Depois do almoço?

— Até amanhã, então.

Parei em frente à casa dos Edens, meio esperando ver o trambolho enferrujado do carro estraçalhado de Elowyn, mas a entrada da garagem estava vazia. Saí do carro, caminhei até a porta da frente e toquei a campainha. Terri atendeu e me abraçou.

— Você está maravilhosa — ela disse.

— O-o-obrigada — gaguejei.

Ela parecia mais magra e menor que antes. Ficamos em pé, na porta, conversando. Ela me fez algumas perguntas genéricas, que respondi educadamente. Finalmente, disse:

— Você quer ver o quarto dela? O que nós mudamos nele?

— Não! Hum... claro — respondi.

Meu coração estava batendo forte quando ela abriu a porta do antigo quarto de Elowyn. Ele tinha sido totalmente transformado. Não havia mais nenhum lembrete de que aquele fora o quarto onde Elowyn e eu dormíamos juntas tantas vezes. A decoração francesa fora substituída por paredes cor de creme e bancadas de trabalho incorporadas à parede, um canto de costura e estantes de livros que iam do chão até o teto. Terri então me contou:

— Este é o meu quarto de hobbies agora — onde eu costuro e faço álbuns de recortes. Mantivemos a porta fechada por oito meses, até que Matt disse que era hora de mudar as coisas. Eu não queria, mas não conseguia entrar aqui sem desmoronar. Pensamos até em vender a casa e nos mudar, mas também não consegui fazer isso.

Senti pena dela. Por mais que eu sentisse falta de Elowyn, pelo menos tinha a escola, o vôlei e os passeios com os amigos para me manterem ocupada. Terri e Matt tinham apenas memórias. A aparência do quarto de Elowyn podia ter mudado, mas seu propósito ainda era reverenciar a vida dela.

As estantes estavam cheias de álbuns de recortes. Terri seguiu minha linha de visão. — Eu desmonto os álbuns e os remonto o tempo todo. Pensei que isso me deixaria triste, mas não é o que acontece. Reorganizar as fotos me conforta. — Terri passou a mão pela encadernação dos álbuns na estante. — Tenho livros de Natal, da escola, das viagens de férias. E, quando penso que estou acabando, tenho uma ideia nova, então os desmonto e faço álbuns novos.

Um nó fechou a minha garganta. Limpei-a.

— Você disse que tinha algo para mim?

Terri rompeu seu devaneio.

— Claro. — Foi até uma grande mesa coberta de fitas e pedaços de materiais e abriu a primeira gaveta. Tirou uma pequena caixa de lá e entregou-me.

— Encontrei isso quando estava desocupando o guarda-roupa dela. Ela tinha escondido atrás dos suéteres.

Peguei a caixa azul amarrada com um laço branco.

— Como você sabe que é para mim?

— Dei uma olhada. — Terri sorriu. — Tenho certeza de que era para o seu aniversário do ano passado.

Observei a caixa. Estava escrito TIFFANY & CO. na tampa. A loja preferida de Elowyn. Lembrei-me das vezes em que entramos na loja, no Phipps Plaza, e observamos pasmas as joias em caixas brilhantes de vidro. As porcelanas ficavam no terceiro andar, e Elowyn sempre apontava para os cristais, as porcelanas e os artigos decorativos de prata que ela exigiria quando se casasse.

— É um pouco cedo, você não acha? — Eu provocava.

— Nunca é cedo demais para descobrir do que você gosta — dizia ela.

— Talvez o seu gosto mude.

— Improvável. Isso é tão europeu e chique. Adoro isso.

— E se o seu noivo não gostar?

Ela exibiu um sorriso sonhador.

— Como se isso fosse acontecer. Ele vai querer me fazer feliz. E porcelanas lindas me fazem feliz. Daremos festas e receberemos amigos, acenderei velas e nossa mesa será maravilhosa.

Entendo por que louças e utensílios de prata significavam tanto para ela. A porcelana, a prata e os cristais a ajudavam a sonhar com o seu "felizes para sempre" e com o seu futuro, coisas com as quais eu não pensava muito porque mamãe e eu vivíamos dia a dia com o que tínhamos — louças de segunda mão e pechinchas de liquidação. Terri tinha um gosto maravilhoso, e Elowyn herdara isso da mãe. Os sonhos das duas estavam acabados, destruídos em uma estrada chuvosa em uma noite de fevereiro.

— Você não vai abrir? — A voz de Terri me trouxe de volta ao presente.

Abri a fita e levantei a tampa da caixa. Dentro havia uma pulseira de prata, com uma plaquinha redonda. A sigla BFF, abreviação de *best friends forever* (melhores amigas para sempre), estava gravada de um dos lados, e o meu nome, do outro. Lágrimas embaçaram minha visão.

— Deixe-me colocar em você — disse Terri. Ela envolveu a pulseira ao redor do meu pulso e a fechou com as mãos trêmulas. — É lindo — ela disse.

Respirei fundo.

— Eu nunca vou tirá-la — murmurei. — Nunca...

Terri afagou meu cabelo. As lágrimas a ponto de cair de seus olhos. Meu coração parecia estar se quebrando em dois.

— Tenho tanta saudade dela — disse Terri.

Abracei-a e choramos juntas por um bom tempo.

Quando mostrei a pulseira a Wyatt, ele rodou a plaquinha em seus dedos e me perguntou:

— O que você quer fazer no aniversário de um ano?

De sua morte. Ele não disse as palavras, mas nós dois sabíamos do que ele estava falando. Faltava uma semana para o aniversário do dia que mudou nossa vida. Pensei por um minuto e respondi:

— Alguma coisa francesa.

O dia de fevereiro chegou: fresco, mas limpo. Sem chuva. Quando a aula terminou, fomos até um pequeno cinema de arte onde estava sendo exibido um filme francês com legendas. Na metade do filme, Wyatt se inclinou para mim e disse:

— Minha cabeça dói tentando acompanhar isso. Será que a gente pode ir embora? Elowyn entenderia.

E eu não precisava de encorajamento.

Já estava escuro do lado de fora, apesar de ser apenas 19h.

— Alguma ideia? — ele perguntou.

— Comida — respondi. — Comida francesa.

— A gente não tem dinheiro para um restaurante francês chique.

Então fomos a um armazém de especiarias e passeamos pelos corredores, escolhendo produtos e lendo os ingredientes no verso das caixas e latas à procura de alimentos do país favorito de Elowyn.

— *Brie* — eu disse, segurando a embalagem de queijo importado. — Direto da França.

Ele cheirou o queijo e encolheu os ombros. Eu o coloquei no carrinho de compras.

— Pão francês — disse ele, lançando uma baguete em nosso carrinho.

Achei aquilo uma trapaça, porque o pão era assado em Atlanta, mas não discordei. — Lesmas? — Peguei uma embalagem transparente, longa e fina cheia de conchas com lesmas.

Encaramos a pilha ordenada de *escargot*, em uníssono dissemos "eca" e colocamos a embalagem de volta na prateleira.

— Uvas — disse Wyatt. — Elas não são francesas?

— Claro... prensadas na forma de vinho.

— Não tenho o meu RG falso comigo — ele disse.

— Então nem vá lá — eu falei, empurrando-o para a seção da padaria.

— O que você acha de *éclair* para a sobremesa? — ele perguntou, apontando as prateleiras refrigeradas.

Os *éclairs* com cobertura de chocolate pareciam deliciosos.

— Pegue dois — eu disparei.

— Eu comeria mais...

— Dois — eu disse com firmeza à mulher atrás do balcão.

No carro dele, eu perguntei:

— Para onde vamos?

— É uma surpresa. — Ele colocou o carro em movimento, pegou a entrada da rodovia I-85 e se misturou ao tráfego intenso.

— Você tem um plano, certo?

— Sim, eu tenho um plano.

Ele saiu da rodovia trinta minutos depois, na saída de um aeroporto, encontrou algumas vias de acesso na parte de trás da entrada principal, desligou os faróis e dirigiu pelo terreno esburacado. Parou em uma parte de terra deserta em frente a uma cerca alta com arame farpado. A curiosidade me corroía.

— Isso é permitido?

— Venha. — Ele abriu a porta do carro.

— Para onde?

— Paris.

Ele me puxou para fora do carro e pegou a sacola de comida e um cobertor velho. Jogou o cobertor no capô do carro e me ajudou a subir. O capô ainda estava quente do motor em movimento e o calor era agradável. Ele colocou parte do cobertor sobre nossos ombros e começou a tirar a comida da sacola. Então ele disse:

— Coma.

Comemos pão e queijo, uvas e suco de uva e os *éclairs*. Ele fez um brinde a Elowyn e tocamos os copos de plástico. Nesse momento, um jato enorme vinha na pista do outro lado da cerca fazendo um ruído alto. Apertei minhas mãos sobre os ouvidos e o vi ganhar velocidade, e então levantar voo fazendo um barulho ensurdecedor e plainar sobre nossa cabeça. Estávamos perto o suficiente para ver sua barriga prateada e os pneus retráteis. Abaixei-me, sentindo o ruído do motor fazer o chão tremer.

— Ele não vai nos atingir — gritou Wyatt.

Segui o avião com os olhos até perdê-lo de vista no céu escuro. Arrepios percorreram minha pele.

— Ele está indo mesmo para Paris? — perguntei.

— Aposto que sim — ele respondeu.

Virei-me para ele.

— Como você sabe desse lugar?

— Costumávamos vir aqui. El e eu. Ela amava ouvir os aviões e vê-los voando sobre nós. Sempre dizia que ia para Paris um dia.

— A polícia nunca os proibiu de vir aqui?

— Nunca fomos pegos. Além disso, esta estrada é muito longe do aeroporto. Ninguém vem aqui.

— Exceto você e Elowyn.

— Não venho há bom tempo.

Servi mais um pouco de suco de uva para nós e levantei o copo para o meu amigo, me esforçando para não chorar.

— A Elowyn. Sentimos sua falta.

Olhei em direção ao céu, vendo os pontos de luz dos aviões descendo e subindo, vaga-lumes mecânicos cheios de vida, indo e vindo, muito acima da Terra, a caminho de algum lugar. Ao meu lado, Wyatt colocou seu copo sobre o carro e virou meus ombros para ele. Olhei nos seus olhos escuros. Sem aviso, ele segurou meu rosto com as mãos e me beijou.

15. Arabeth

— Você vai fazer um buraco no chão — disse mamãe.

Parei, brinquei com os cordões do meu moletom e então voltei a andar de um lado para o outro.

— Quando eles vão chegar?

— Quando eles chegarem — ela respondeu. — Agora sente-se. Não tenho dinheiro para um piso de madeira novo.

Estatelei-me no sofá, puxando os cordões do meu moletom para trás e para a frente. — E se não gostarem de mim? E se eles se arrependerem de terem me dado o coração da filha deles?

— Pare com isso, Arabeth! — mamãe me repreendeu. — Eles vão gostar de você e você, deles. Assim como eu.

Os arranjos para conhecermos os pais da minha doadora levaram quase um mês. Mamãe e eu fomos surpreendidas pela notícia de que eles moravam muito perto, a poucos quilômetros de Alpharetta. Eu imaginava que meu coração tinha sido trazido por um helicóptero daquela forma dramática que vemos nos programas de televisão, mas não fora o caso. Tínhamos escolhido aquele sábado de abril para nos conhecer porque a meteorologia previra um dia de sol glorioso e eu queria que esse dia fosse perfeito. Do lado de fora, tulipas enfeitavam nossos canteiros, e cornisos e lilases florescciam. Era possível sentir o perfume das flores lilases pela janela aberta.

Ouvi o ruído dos pneus sobre o cascalho da entrada da nossa garagem e pulei do sofá. Minhas mãos tremiam.

— Como eu estou?

— Você está linda. — mamãe me disse.

Espiei pela janela. Um SUV azul havia estacionado em frente à nossa varanda, e um homem baixo e forte, de cabelo escuro, dava a volta pela frente do carro, em direção à porta do passageiro. Ele a abriu e estendeu a mão a uma mulher loira e pequena, ajudando-a a sair. Ela segurava sua bolsa e uma sacola de compras. Meu coração batia forte, com um som surdo, à medida que os dois entravam na varanda; aqueles estranhos eram os pais da minha doadora. A campainha tocou e dei um salto.

— Atenda, mãe — pedi.

Mamãe abriu a porta de tela e o homem e a mulher entraram. Meu coração batia como louco. Mamãe apresentou-se a eles.

O homem disse:

— Somos Matt e Terri Eden.

A mulher, Terri, olhou para mim.

— E você? — ela perguntou.

— Arabeth — consegui falar através dos meus lábios duros como madeira. Meu coração batia tão forte que pensei que fosse sair voando do meu peito.

Terri deu um passo em minha direção. Seus olhos estavam cheios de lágrimas.

— Você tem o coração da minha filha. — Era uma afirmação, e não uma pergunta.

— Sim.

De repente mamãe estava a meu lado.

— Vamos nos sentar? — Ela me guiou até a poltrona em frente ao sofá. Os Edens se sentaram nele. Eles não conseguiam tirar os olhos de mim. Sentia-me como uma criança desajeitada, cheia de cotovelos, joelhos e palmas suadas — nem um pouco parecida com a adolescente equilibrada que queria ser.

— Chá? — perguntou mamãe. — Biscoitos?

Ela ergueu seu bule de chá pintado a mão com violetas e um prato de biscoitos doces caseiros da mesa de centro. Só mesmo a mamãe pensaria em servir comida em uma ocasião tão extraordinária como aquela.

Matt pegou um biscoito, mas não o comeu.

— Você é linda — disse Terri.

Fiquei vermelha porque ela estava sendo gentil e se esforçando intensamente.

— Obrigada — murmurei. — E quero agradecer por... por doar o coração da sua filha para mim.

— Foi uma seleção aleatória — disse Matt, para removê-los do processo. — O serviço de doação faz a escolha, baseando-se na necessidade dos receptores.

— Eu precisava dele — disse eu. — Estava morrendo.

Mamãe serviu chá para todos nós. O sol tocava a porcelana branca delicada e brilhava através dela, deixando a xícara com um tom creme. — Nunca poderemos expressar nossa gratidão — mamãe disse. — Sua filha... fale-me sobre ela.

— O nome dela era Elowyn — disse Terri.

— Lindo nome — meu comentário foi espontâneo.

Animada, Terri puxou um livro grande de sua sacola de compras.

— Este é um álbum de recortes que montei quando soube que nós íamos conhecer você. É sobre a vida dela.

Peguei-o, alisando a capa. Parecia feito a mão. Abri na primeira página e vi uma foto 8 x 10 de uma adorável menina loira de olhos azuis. As datas de seu nascimento e morte estavam escritas a mão abaixo da foto. A data da morte coincidia com a data do meu renascimento. Um nó se formou na minha garganta. Até aquele momento, a menina não tivera forma ou substância. Agora eu via o quanto ela havia sido real. Folheei o álbum rapidamente, e então o fechei.

— Posso ficar com ele por um tempo? Queria poder ver com calma.

— É claro — disse Terri. — Fique com ele pelo tempo que quiser. Nosso endereço e telefone estão do lado de dentro da contracapa. Você pode nos ligar para perguntar o que quiser.

— É muito gentil da sua parte — disse mamãe. — Tenho fotos de Arabeth crescendo, mas não pensei em reuni-las. Foi tolice minha. Imagino que vocês também devam querer saber mais sobre nós.

— Sim — disse Terri. — Nós gostaríamos.

Eu era mais jovem que Elowyn, e muito menos glamorosa. Ela devia estar no penúltimo ano do ensino médio. Era provavelmente popular e tinha muitos amigos, que sentiam todos a falta dela. E eu ficava mais triste a cada minuto.

Transferi para mamãe a tarefa de contar aos Edens uma breve história sobre nossa vida. Terri arregalou os olhos quando ouviu sobre a morte de meu pai, mas nunca tirava os olhos de mim enquanto mamãe falava. Eu estava inquieta, e o meu coração não se acalmava. Aquilo tudo era muito mais difícil do que imaginara... essa nossa conversa sobre os mortos. Meu pai voltara para casa em um caixão lacrado e não pudemos vê-lo. Disseram que o seu corpo não estava em condições. Os Edens, pelo menos, tiveram a chance de ver o rosto de Elowyn antes de fechar a tampa do caixão.

Eu era tão grata pelo presente que eles tinham me dado — o coração forte e jovem de Elowyn. Ele me sustentou e me deu vida. Eu me assustei ao me dar conta de que Terri me fizera alguma pergunta.

— Sim?

— Perguntei se você gosta de algum esporte. Já jogou alguma coisa?

— Não jogo nada há muito tempo. Parei de correr quando tinha oito anos. Eu ficava sem ar por causa do coração. Elowyn jogava?

— Vôlei. Ela era boa.

— Assisti aos jogos de vôlei de praia nas olimpíadas. O time americano era incrível.

Os olhos de Terri se encheram de lágrimas. Matt inclinou-se em sua direção e pegou a mão dela.

— Vamos agora, querida — ele disse. — Arabeth pode nos telefonar depois que tiver visto o seu álbum de recortes.

Ele olhou para mim esperando que eu concordasse. Balancei a cabeça vigorosamente.

— Eu vou telefonar. Sei que vou querer saber mais.

Eles se levantaram, mamãe e eu também.

— Você pode ligar a qualquer hora — disse mamãe. — Somos muito gratas.

Já na porta, Terri virou-se para mim.

— Posso tocá-la?

Estendi as minhas mãos e ela as agarrou como a um salva-vidas. Perguntei-me se ela conseguia sentir o sangue pulsando pelos meus dedos, bombeado pelo coração de Elowyn. Então eu disse:

— Obrigada pelo álbum. Serei muito cuidadosa com ele.

Saímos para a varanda. No degrau de cima, Matt virou-se e sorriu para mim.

— Você nunca saberá o que isto significa para nós, conhecer você.

— Foi bom para mim também, docinho.

As palavras saíram de minha boca tão rápido que não consegui controlar. Coloquei minhas mãos sobre os lábios e dei um passo para trás. O rosto de Matt ficou branco.

— O que você disse? — ele perguntou.

Mantive minhas mãos tapando a boca e balancei a cabeça.

— Você sabe por que disse isso? Como você sabia?

— Sabia o quê? — perguntou Terri, que ainda estava atrás de mim na porta com mamãe, mas a reação de Matt a fez correr para o lado dele.

— Qual é o problema?

Sentia-me desarmada, como se os tivesse ofendido.

— Me... me desculpe...

— Ela disse "docinho" para mim — disse Matt.

Terri encarou-me, com os olhos arregalados e assustados.

— "Docinho" era o nome carinhoso pelo qual Matt chamava Elowyn.

— Eu... eu não sabia — gaguejei.

Mamãe colocou o braço em torno de mim.

— Não acho que Arabeth tenha feito por mal.

— Sim, claro — disse Matt. — Só me chocou. Não foi nada. — O rosto dele parecia pálido.

Terri deslizou a mão para segurar a de Matt.

— Talvez você tenha visto no álbum de recortes quando o folheou.

Eu balancei a cabeça, incapaz de explicar.

— Parece lógico — disse mamãe. — Coisa do subconsciente. — Ela riu, nervosa.

Concordei, apesar de ter certeza de que aquilo não tinha acontecido. Despedi-me deles sem conseguir olhar Matt nos olhos. Voltei para dentro, agarrei o álbum e corri para meu quarto. Precisava saber muito mais sobre Elowyn Eden, a menina que às vezes parecia falar por mim, fazendo com que eu dissesse e fizesse coisas que nunca dissera ou fizera antes.

16. Kassey

— Então, você vai continuar a ignorá-lo?

— Você disse que a escolha era minha, mãe. — Estava dobrando um cesto cheio de roupas lavadas quando mamãe entrou na sala e me encurralou com aquela pergunta.

— A escolha é sua. Só achei que você já teria amolecido um pouco mais com relação a ele até esse ponto. Ele continua mandando dinheiro e sempre pergunta por você.

— Em outras palavras, enquanto o dinheiro estiver chegando, você acha que eu devo alguma coisa a ele.

Aquilo a fez congelar. Eu voltei a enrolar meias e a dobrar camisetas.

— Eu me divorciei dele, Kassey, mas ele sempre será o seu pai. Nós dois fizemos você.

— E você ficou comigo. Ele foi embora.

— Vingança? É isso, então?

Nenhuma discussão sobre aquele assunto mudaria minha opinião quanto ao meu bom e velho pai. Gostava da minha vida da forma como ela estava. Não queria meu pai nela. No meu aniversário daquele ano ele me mandara um cheque de cem dólares. Eu ainda não o tinha depositado porque senti que ele estava tentando comprar uma resposta minha. Além disso, minha cabeça estava cheia demais com outras coisas para lidar com o problema do meu pai neste momento.

— Não é vingança — eu disse. — Não sei explicar. Por favor, pare de me fazer perguntas sobre isso.

— Ele apenas quer se comunicar com você. Só isso.

— Você se comunica com ele. Por que você não se casa com ele de novo? E daí todos nós poderemos viver juntos como uma família grande e feliz. Até eu me formar no ano que vem, pelo menos, porque, daí, vou embora se ele estiver aqui. — Joguei o cesto no sofá.

— Isso foi desnecessário. Não seja insolente. Eu sou sua mãe.

"A intermediária, você quer dizer", pensei.

— Se eu mudar de opinião, aviso.

Corri para o meu quarto com as roupas e fechei a porta. Caí na cama e fiquei dando voltas em meus pensamentos. Não estava pensando no meu pai, e sim sobre aquilo que estava consumindo todos os meus pensamentos. O que acontecera no primeiro aniversário da morte da Elowyn. Por que Wyatt me beijara? Ele me pegou desprevenida e, em choque, eu o empurrei, como se tivesse levado uma ferroada.

— Ei! — ele disse, passando a mão pelo meu cabelo e enrolando um cacho em volta do seu dedo indicador. — Não era para doer.

— Não doeu.

Ele levantou meu queixo e me beijou de novo, devagar. Então ele me puxou para perto.

Presa nos seus braços, com o sabor dele na minha boca e sentindo meu corpo arder, parecia que eu estava me desmanchando, e queria mais. Surpreendi a nós dois quando curvei minha cabeça e girei o corpo para o outro lado.

— Não — eu disse. Tremendo, deslizei do capô do carro. — Você pode me levar para casa agora, por favor?

— Qual é o problema? — Ele parecia confuso.

— Quero ir embora. — Cruzei os braços; tremia de frio.

— Não entendo por quê. Estamos nos divertindo.

— Por favor — eu disse. — Só me leve para casa. Só estamos juntos porque ambos estamos de luto por Elowyn.

Conversamos pouco durante o longo trajeto da volta. Ele vez por outra me olhava pelo canto do olho enquanto dirigia, e eu foquei a atenção na estrada. Em frente à minha casa, segurei a maçaneta do carro para abri-la. Ele pegou meu braço.

— Ainda somos amigos?

— Claro — respondi, e disparei para a porta de entrada.

No dia seguinte, na escola, ele agiu como se nada tivesse acontecido. Mas, para mim, muita coisa tinha mudado. Sentia-me culpada. Ele era o namorado de Elowyn. Era como se eu pudesse vê-la em pé, no escuro, atrás de mim, com os braços cruzados e um olhar de descrença no rosto. *Como você pôde, Kassey? Eu confiava em você.*

Eu não a traí? Amigas não deixam o namorado de outra amiga beijá-las. *Ela se foi... há um ano.* E ainda assim eu não conseguia me libertar do sentimento de que fizera algo imperdoável. Por quê? A verdade era que eu tinha gostado daquele beijo. Os lábios de Wyatt eram macios e quentes, e o calor se espalhou por todo o meu corpo. Não era justo que um beijo de que eu gostara tanto e que significava algo para mim nunca devesse ter acontecido. Aquilo certamente nunca teria acontecido se minha melhor amiga não tivesse morrido.

Estava tentando organizar todas essas emoções e esses sentimentos loucos — tentando entender por que beijar Wyatt parecia bom e ruim, e se isso tinha alguma relação com o afastamento do meu pai, me perguntando como reorganizar minha vida, quando Terri me ligou.

— Kassey, nós conhecemos a menina que recebeu o coração de Elowyn. Ela mora em Roswell, você acredita? — Terri falou, animada. — Emprestei um álbum de recortes a ela e já nos falamos mais duas vezes a partir de então. Ela quer saber se... se você também poderia conhecê-la. Você estaria disposta?

Eu não tinha mais ninguém com quem compartilhar a notícia, exceto Wyatt.

— Você está brincando comigo. — ele perguntou.

Espantada, respondi:

— Por que eu faria isso?

— Você está brava comigo há semanas. E agora aparece agindo como se fôssemos os melhores amigos porque a mãe de El ligou para você. Qual é a sua mensagem para mim nisso tudo?

Aparentemente ele não percebera a relação entre o fato de ter me beijado e de ter sido namorado da Elowyn. Wyatt Nolan não sentia nenhuma culpa. Senti meu rosto esquentar e voltei ao assunto principal.

— Estou falando a verdade... A menina que recebeu o coração de Elowyn mora em Roswell. E ela quer me conhecer. Imaginei que você entenderia como isso é estranho para mim.

Ele desmoronou na cadeira do refeitório. Podíamos ouvir o som dos pratos, das crianças gritando e de talheres caindo ao nosso redor. Um dia comum. Exceto que não era um dia comum.

— Você vai conhecê-la?

— Claro. Por que não? — eu respondi.

— É meio assustador.

— Assustador? O que você quer dizer? Você sabe que os órgãos dela foram doados para outras pessoas, para ajudá-las a viver. De certa forma, o coração parece diferente dos outros órgãos, e a receptora é alguém quase da nossa idade. Estou tendo uma chance de conhecer essa menina. Quero saber tudo sobre ela. Não sei exatamente por quê, mas me sinto impelida a fazer isso, agora que é possível.

Ele arrastou a cadeira para trás, levantou e pegou sua bandeja.

— Isso não vai trazer El de volta.

Nada traria Elowyn de volta.

No primeiro sábado de maio eu estava pronta para conhecê-la em sua casa, uma pousada. Dizer que eu estava curiosa — e sim, um pouco assustada — era pouco. A garota, a tal de Arabeth Thompson, carregava o coração de Elowyn em seu peito, o que a mantinha viva. Um milagre da medicina, mas uma experiência transcendental para mim. Talvez Wyatt estivesse certo, talvez aquilo fosse mesmo assustador. Mas meu desejo de conhecê-la e conversar com ela superava minhas dúvidas, e parei na frente da casa na tarde daquele sábado. Alguns carros estavam estacionados de um dos lados de uma casa antiga, de estilo vitoriano, e uma placa dizia: BEM-VINDO À POUSADA MADRESSILVA, JANTAR SERVIDO DIARIAMENTE.

Vasos de violeta cercavam a varanda branca recém-pintada, decorada com móveis de vime branco. A porta de tela se abriu e uma menina de pernas compridas usando calça jeans e de cabelo preto comprido saiu da casa.

— Kassey?

— Sim.

— Oi, sou Arabeth. Entre, vamos nos sentar — ela disse, apontando para um sofá com almofadas floridas.

Em uma mesa de centro com tampo de vidro, em frente ao sofá, estava um dos álbuns de Terri. Eu o reconheceria em qualquer lugar. Meu coração batia forte e minha boca ficou seca. Uma parte de Elowyn vivia dentro daquela menina. Meus olhos ficaram embaçados.

— Vamos fazer assim — disse Arabeth. — Vou pegar um pouco de água para nós. Ou que tal sorvete? Tudo fica melhor com sorvete.

Arabeth deu um sorriso forçado.

— Que tal um pouco de Chunky Monkey? É o meu favorito.

17. Kassey

Chunky Monkey. O sabor favorito de Elowyn. Quando Arabeth retornou com uma bandeja com dois copos de água e duas tigelas com sorvete, eu já tinha me recomposto um pouco. Ela colocou a bandeja na mesa, ao lado do álbum, e me entregou uma tigela de sorvete. Olhei fixamente para aquela mistura gelada, me dando conta de que não comia ou mesmo provava aquele sabor havia mais de um ano.

— Há quanto tempo este é seu sorvete favorito? — Perguntei.

— Há pouco tempo. Sempre gostei de baunilha, mas um dia eu estava no mercado passando pelos congeladores e vi uma pilha de potes de sorvete de Chunky Monkey, e não consegui mais pensar. Não sei por quê, mas senti muita vontade de experimentar. Então comprei um pote e ele se tornou o meu favorito.

Mexi o sorvete e tomei uma colherada. Achei que fosse começar a chorar, então coloquei a tigela em cima da mesa.

— Cérebro congelado — disse.

— Acontece muito comigo — disse Arabeth. — Não sei por que eu gosto tanto disso. É cheio de calorias.

Cutuquei a tigela com o polegar.

— Também era o favorito de Elowyn.

Ela olhou para mim, surpresa.

— Sério?

— Acho que deve ser o sorvete favorito de muita gente — eu disse, tentando não dar muita importância.

Arabeth deixou a tigela; pela sua expressão, parecia pensativa. Balançava em uma cadeira pequena em frente ao sofá. Ela me olhou fixamente, como se tivesse algo a dizer, mas não tinha certeza de como fazê-lo. Finalmente, perguntou:

— Posso contar uma coisa?

— Desde que não seja sobre alienígenas ou discos voadores.

Ela parecia confusa, como se eu tivesse falado em outro idioma.

— Ah, você estava brincando.

— Não foi uma piada muito boa — eu disse. — Diga.

— Desde que... — Ela parou, e começou novamente. — Acordei do transplante, muitas coisas estranhas têm acontecido comigo.

Ela tinha conseguido a minha atenção.

— Que tipo de coisa?

O rosto dela corou.

— Você vai achar que eu sou louca.

Dava para perceber que ela estava perturbada.

— Acho que todos nós somos um pouco loucos.

Um pequeno sorriso surgiu no canto da sua boca.

— Bem... — Ela respirou fundo e continuou. — Gosto de coisas que eu nunca gostei antes. Penso em coisas que nunca pensei antes. Faço coisas que eu nunca fiz antes.

— Como...?

— A mais recente? Querer conhecer você. — Ela pegou o álbum de recortes. — Quando vi isso, quando vi fotos suas com Elowyn, tive essa sensação plena de felicidade. Meu coração ficou agitado e senti vontade de dar gargalhadas. Era como se eu a conhecesse, mas não a visse fazia muito tempo, como se você e eu fôssemos... — As palavras faltavam. — Próximas — adicionou com insegurança.

Minha pele ficou arrepiada, e uma sensação fria subiu por minhas costas. Nunca tinha visto essa Arabeth antes na minha vida. Deslizei no sofá, afastando-me do seu rosto ansioso.

— Viu? Eu disse que era estranho.

— O que mais? — Aquela menina estava me assustando. Naquele momento eu queria que Wyatt estivesse comigo.

— Como o sorvete, agora. Por que *esse* sabor? Há milhões de sabores. Por que estou tão aficionada pelo favorito dela?

Meu coração estava agitado, e eu me sentia como se tivesse corrido uma maratona.

— Coincidência — eu respondi, sem convicção.

— O pior foi no dia em que os pais dela vieram me conhecer.

Terri não mencionara nada estranho sobre aquele dia.

— O que aconteceu?

— Eu... eu disse algo. Ele foi o único que me ouviu. Você sabe, Matt, o pai dela.

— Ele a amava muito.

— Estávamos na varanda e ele estava descendo a escada, enquanto Terri e minha mãe ficaram para trás, perto da porta. Saí atrás dele, e ele estava me dizendo como tinha sido bom me conhecer quando eu disse... — Seu olhos estavam arregalados e pareciam sinceros. — Eu disse: "Foi bom para mim também, docinho". Ele ficou branco. Como se tivesse visto um fantasma. E não tenho ideia de por que eu disse algo tão estúpido para ele.

Nesse momento até meus arrepios se assustaram. Aquilo ia além do estranhamento.

— Era como ele a chamava.

Arabeth parecia triste.

— Foi o que ele me disse. Não consigo entender de onde surgiu aquilo.

Eu não sabia o que dizer.

Ela falou então:

— Não sei por que essas coisas estão acontecendo comigo.

Eu também não tinha a menor ideia, mas parecia que aranhas estavam andando pela minha pele.

— Tenho algumas perguntas sobre as pessoas do álbum — disse Arabeth, mudando de assunto. — Não quero perturbar os pais dela. Posso perguntar para você?

Concordei com a cabeça. Ela pegou o álbum, abriu, folheou e o virou para mim, apontando para uma foto:

— Quem é este?

Wyatt estava sorrindo na foto, seu braço casualmente pendurado no ombro de Elowyn. Lembrei-me da fotografia porque eu mesma a tinha tirado. Tinha sido após um jogo de vôlei, em um momento em que eles não estavam mal-humorados um com o outro. Uma foto casual que acabou ficando perfeita.

— Era o namorado dela.

— Imaginei. Ela estava feliz quando essa foto foi tirada. Mas ele não a deixava feliz o tempo todo, não é? Arabeth passou a mão pela foto.

O movimento parecia íntimo, e as palavras dela me surpreenderam. Aquilo também me deixava envergonhada, porque Wyatt e eu tínhamos nos beijado. — Você teve alguma reação a ele também? — perguntei, lembrando do que ela tinha me dito sobre quando viu minha foto.

— Fiquei feliz e triste ao mesmo tempo. Eu... eu fiquei com um nó na garganta vendo os dois juntos.

Havia muita coisa que eu poderia contar a ela sobre Elowyn e Wyatt. Quem conhecia os dois melhor que eu? Mas, em vez disso, levantei-me.

— Então, preciso ir agora.

— É mesmo? — Ela parecia desapontada. — Tinha mais perguntas.

— Eu... eu tenho uma entrevista para um emprego de verão. — A entrevista, na verdade, era na semana seguinte, mas queria ir embora. Minha cabeça estava sobrecarregada, como se tivesse sido bombardeada com informações que eu não pudesse entender. Como essa Arabeth tinha tantas informações sobre Elowyn?

— Você pode voltar? — perguntou Arabeth.

Queria gritar que não, mas me ouvi dizendo:

— Claro.

Corri para o carro, ansiosa para me afastar daquela menina que tinha o coração de Elowyn. E, sem qualquer explicação, as memórias que compartilhávamos.

Como não tinha mais ninguém com quem conversar, fui direto para a casa de Wyatt. Ele estava cortando a grama, e quando estacionei ele desligou o cortador e correu até o carro. Eu disse:

— Você tem um minuto?

— Você parece ter tido um dia ruim.

— Obrigada pelo elogio...

— Não foi o que eu quis dizer. É só que você parece estar chateada.

Ele abriu a porta do carro para mim e eu saí. Nós nos sentamos sob a sombra de um carvalho no jardim, e comecei a contar sobre o meu encontro com Arabeth antes mesmo de nos acomodar. Contei tudo a ele, despejando as informações rapidamente, contando coisas fora de ordem, retrocedendo, repetindo a história, minha boca lançava palavras como balas de fogo.

— Você está assustada — ele disse.

— Você acertou. Ela sabe coisas. Quem sabe coisas sobre alguém que nunca conheceu?

— Os pais de El podem ter contado coisas a ela.

— Como "docinho"? Caia na real.

— Certo, não faz sentido. — Wyatt abraçou os joelhos e apoiou o queixo neles. — Eu quero conhecer Arabeth.

— Ela não pediu para conhecer você.

— Não me importo. Seja uma boa amiga e resolva isso.

— Por quê?

— Quero ter a chance de conhecê-la. Ver as coisas que você está me dizendo.

— Você não acredita em mim?

Ele agarrou as minhas mãos e me olhou nos olhos.

— Eu acredito em você. Mas, se ela tem perguntas, quem responderia melhor que você e eu?

Nós dois nos relacionarmos daquela forma, como um casal, não parecia certo, mas eu não tinha como recusar.

— Vou falar com ela — eu disse, puxando minhas mãos das dele.

18. Arabeth

Fiquei olhando Kassey ir embora, e senti que tinha estragado a visita. Eu deveria ter ficado de boca fechada. Idiota! Sua idiota! Com certeza ela achou que eu era maluca! Claro que ela queria saber como eu sabia as coisas que sabia. Eu também queria. Atirei a tigela e ela saiu rolando varanda abaixo, espalhando uma trilha grudenta de sorvete. Jurei que nunca mais comeria Chunky Monkey de novo, mesmo que quisesse muito.

Mamãe levou-me para comprar roupas de verão antes que as aulas terminassem. Eu continuava escolhendo coisas que causavam expressões de desaprovação nela, e, quando não conseguia mais ignorar, perguntei:

— Qual é o problema?

— O seu gosto mudou.

— Isso é ruim?

— Não — ela disse, rápido demais. — Foi só um comentário.

Coloquei uma blusinha brilhante.

— Talvez esteja cansada de calças jeans e camisetas básicas. — Admirei-me no espelho, observando as lantejoulas brilharem sob a luz. — Uso uniforme para ir à escola. Estou cansada de roupas apagadas e sem graça. Além disso, todas as meninas se vestem assim.

Mamãe pegou a etiqueta da blusinha para ver o preço e ficou branca.

— Não vou pagar isto por uma camiseta. Esse preço é absurdo.

Na verdade, a camiseta não tinha nada a ver comigo, e aquilo era um problema, porque eu a queria assim mesmo. Sentia-me forçada a comprá-la, a mudar algo fundamental em mim.

— Vou trabalhar mais na pousada durante o verão.

Mamãe olhou para mim e disse:

— Tire isso. Se você quer tanto algo do tipo, iremos à loja de tecidos e compraremos um kit para você reformar algumas de suas camisetas antigas.

— E fazer uma? Mãe, ninguém faz isso.

Ela me ignorou e saiu do provador. Eu sabia que a conversa tinha terminado ali, e voltei enfurecida para minhas roupas entediantes.

A Athena Academy tinha uma cerimônia marcada para comemorar a formatura das alunas do último ano e nossa passagem para o ano seguinte. Eu ia para o segundo ano, e, se conseguisse, ia para a escola pública no outono. Mas, na noite da cerimônia, a diretora mudou tudo. Ela me ofereceu uma bolsa integral por causa das minhas notas excelentes, uma honra oferecida a apenas três meninas da escola.

Mamãe estava tão empolgada que quase soltou fogos de artifício. Quando chegamos em casa, chutei meus sapatos e disse:

— Você me prometeu que eu podia ir para a escola que quisesse no ano que vem.

Ela ficou boquiaberta.

— Você está me dizendo que quer recusar essa oportunidade? Está falando sério?

Estava certa daquilo. Houve um tempo em que eu teria adorado aquela oportunidade, mas agora parecia apenas um obstáculo no meu caminho.

— *Você* me disse que eu poderia escolher.

Mamãe me olhou fixamente, e eu sabia que ela estava escolhendo as palavras. Finalmente, ela falou:

— Eu nem consigo imaginar uma razão para você querer trocar uma educação de primeira classe, em uma escola particular, por uma educação mais fraca, em uma escola pública.

— Isso não é justo. Roswell High é uma escola boa.

— E Athena é uma escola *excelente*.

— Mas não é *o que eu quero*. — Meu corpo estava quente. Sabia que ela estava certa, mas não conseguia desistir do que eu queria. — Não quero voltar para a Athena no outono.

— Pense! — Ordenou ela. — A Athena é um passe livre. Um diploma da Athena a tornará elegível para uma faculdade de primeira e para boas bolsas de estudo. Você é inteligente. Está indo muito bem. Não vire as costas para essa oportunidade.

Minha vontade era gritar "Sou uma rejeitada, mãe!". De que forma ficar na Athena me ajudaria com aquilo que eu mais queria? Eu era entediante, chata e não tinha amigos. Poderia esquecer a chance de ter um namorado para sempre. Eu era uma menina com um coração estranho dentro de mim e um futuro sem cor à minha frente.

— Veja — ela disse, já com a voz mais macia. — Vamos voltar um passo. Não gosto de brigar com você. Você não precisa tomar essa decisão agora. Vamos ver como vai ser o verão. Pode ser que você tenha uma opinião diferente quando as aulas recomeçarem.

Minha cabeça martelava. Estava em um cabo de guerra com forças que não podia definir e desejos que não conseguia realizar.

Sou esperta o suficiente para entender que a vida é definida por momentos decisivos que, em sua maioria, não são planejados ou esperados. Uma amiga que abandona você diante das meninas mais populares da escola. Um jipe que estaciona em frente à sua casa em uma tarde quente. Um telefone que toca e uma voz que diz: "Nós temos um coração". Esses momentos se tornaram pontos de referência em minha vida. Mas o que mais me surpreendeu naquele verão foi quem eu vi chegando em minha casa com Kassey em uma manhã quente, o menino mais incrível que eu já vira, que fez meu coração saltar e minha pulsação acelerar.

Kassey tinha me ligado no dia anterior e perguntado:

— Posso fazer uma visita?

Fiquei surpresa, porque pensei que nunca mais a veria novamente.

— Com certeza — respondi.

Ela veio em seu próprio carro, um Honda velho que parecia mais uma carruagem para mim. Eu acabara de completar quinze anos e ainda teria de esperar um ano para conseguir minha carteira de habilitação. Havia um passageiro em seu carro e, quando saí na varanda, tive de apertar os olhos para conseguir ver quem ela tinha trazido consigo.

Quando Wyatt saiu do carro, parecia que a fotografia tinha tomado vida. Meu coração quase parou, e então saltou com tanta alegria que eu não conseguia contê-lo. Queria correr escada abaixo e me jogar em seus braços. Agarrei o gradil da varanda para me manter firme e evitar seguir meu impulso.

— Oi — ele falou, olhando para mim. — Sou Wyatt Nolan. Imagino que você seja Arabeth.

— Sou Arabeth — respondi como um papagaio.

Ele entrou na varanda. Parecia uma força da natureza com um sorriso de cem watts. Dei um passo para trás, insegura quanto ao que dizer ou o que fazer.

— Lembra de mim? — perguntou Kassey.

Meu rosto queimou de vergonha momentaneamente por ter-me esquecido de que ela estava subindo os degraus ao lado dele.

— Vocês são os amigos de Elowyn — eu disse. — Fico contente que tenham vindo. Há tantas coisas que quero saber sobre ela.

— Nós a conhecíamos melhor que ninguém — disse Wyatt.

— Então talvez vocês possam falar sobre ela para mim. E me ajudar a entender por que eu sinto que ela está sempre olhando sobre meu ombro mesmo estando... — Parei por ali.

— Mesmo estando morta? — Disse Wyatt, concluindo minha frase. Sua expressão tinha se tornado mais reservada.

Aposto que meu rosto mudou para pelo menos cinco tons de vermelho, cada um mais forte que o outro.

— Não estou inventando nada disso — eu disse.

Kassey deu um passo ao lado de Wyatt.

— Não acho que você esteja — disse ela. — Estamos aqui para ajudá-la a entender tudo isso.

19. Kassey

Eu sabia que as coisas ficariam estranhas a partir do minuto em que Wyatt saísse do meu carro e ficasse frente a frente com Arabeth.

Ela estava sorrindo para ele, encantada, como se ele fosse um amigo que ela não via fazia muito tempo; um amigo íntimo, como se ela o conhecesse mesmo sem roupas. Aquilo deixou meu estômago embrulhado. Claro, Wyatt era bonito, mas ela só tinha visto fotos dele, então por que ela o olhava como se estivesse pronta para se atirar em cima dele? Balancei minha cabeça para expulsar aquela imagem perturbadora.

— Refrigerante? — perguntou Arabeth, sem tirar os olhos dele.

— Eu aceito — respondeu Wyatt, parecendo atordoado.

— Tudo bem — respondi, sem saber se conseguiria manter qualquer coisa no estômago.

Quando ela entrou, agarrei o braço de Wyatt.

— O que está acontecendo? Você parece impressionado. Você a conhece?

— Nunca a vi antes — ele disse, olhando para mim. — Mas foi uma viagem. Ela... ela me lembra muito...

Eu o interrompi bruscamente.

— Não diga isso. Ela não é El.

— Foi como um *déjà vu*... — Wyatt balbuciou. — Como se a estivesse vendo em uma distorção do tempo.

— Arabeth não se parece com ela. Nem um pouco.

— É verdade. Mas não se trata da aparência dessa menina. É... é outra coisa. Eu não sei explicar.

Nem eu conseguia, mas a impressão definitivamente era real. Arabeth parecia familiar. Pensando melhor sobre nosso primeiro encontro, lembro-me de ter sentido uma forte ligação com ela. Mas, quando ela trouxe o sorvete, fiquei irritada. Eu tinha mais perguntas para ele, mas naquele momento Arabeth chegou trazendo refrigerantes em uma bandeja, a mesma bandeja que ela usara para trazer as tigelas com sorvete.

— Pegue um — ela disse, colocando a bandeja sobre a mesa de centro e se sentando na cadeira de balanço. Sendo assim, o sofá ficava para mim e Wyatt. Nós nos sentamos, desajeitadamente. Ela continuou encarando Wyatt, e ele retribuía o olhar. Ela disse:

— Eu sei que tecnicamente somos todos estranhos, mas sentada aqui olhando vocês dois... Bem, vocês não parecem estranhos para mim. Isso faz sentido?

Fazia, mas eu não estava disposta a admitir.

Wyatt respondeu, com um som estridente:

— Faz para mim.

— Talvez seja porque você viu o álbum de recortes — sugeri, lançando um olhar de "contenha-se" para Wyatt. — Poder da sugestão.

— Pensei muito sobre isso — confessou ela. — Às vezes, uma foto me dá a impressão de já ter visto aquilo em algum lugar. Mas é como tentar agarrar fumaça. Nunca consigo entender.

Seu rosto parecia perturbado. Eu não tinha escolha a não ser acreditar nela.

— Então, o que você acha que está acontecendo? — perguntei.

A cadeira de balanço rangia no piso de madeira pintada. O calor de junho parecia um cobertor úmido sobre minha pele. Ela me olhou nos olhos.

— Gostaria de saber. Talvez simplesmente esteja ficando louca.

— Então eu também estou — disse Wyatt. — Porque tenho a sensação de que já a conheço, mas nunca a vi antes.

Seus olhares se encontraram, e senti o calor correndo entre eles. De forma violenta, senti-me deixada de lado, como um item esquecido e sem importância, em uma pilha de roupas velhas.

— Você não poderia ter bajulado mais Arabeth? — eu disse, ríspida e sarcasticamente, para Wyatt enquanto dirigíamos de volta para casa.

— O quê? — Ele parecia irritado.

— Não era você o cético antes de virmos para cá?

Ele encolheu os ombros.

— Não posso negar que algo esteja acontecendo aqui. Não me diga que você não pensa o mesmo.

Sim, eu pensava o mesmo, mas estava irritada e chateada demais para concordar com ele.

— Então, o que você vai fazer para descobrir o que está acontecendo?

— Não sei.

Eu sabia.

— Você vai sair com ela?

Ele olhou para fora da janela, mas eu sabia que tinha atingido sua linha de raciocínio.

— Vou vê-la novamente, disso tenho certeza.

— Ela tem quinze anos, Wyatt. Você tem dezessete.

— E daí?

— Ela é uma criança. — Sentia-me ameaçada, e não entendia o porquê.

— Não vou me casar com ela, Kassey. Só quero conhecê-la melhor. Você não quer?

Ela me assustava.

— Ela não é Elowyn — eu disparei.

— Eu sei disso. — Ele estava roendo a unha do polegar, um hábito que tinha quando estava nervoso e que eu notara ao longo dos últimos meses, em que estivéramos mais próximos. — Mas você tem de admitir que ela lembra El. Droga, Kassey, ela tem até o cheiro de El. Deve usar o mesmo perfume.

Sim, eu tinha percebido isso também.

— Ela é estranha — resmunguei.

Não conversamos mais até o momento em que o deixei em casa.

— Você está bravo comigo? — perguntei.

Ele se inclinou sobre a janela.

— Só não consigo entender você. Nós dois pensamos que essa história toda precisa ser examinada melhor, mas você age como se eu estivesse cometendo um ato de traição quando digo que vou conhecê-la melhor. Afinal, qual é o problema?

Se ao menos eu soubesse.

— Me avise se conseguir alguma resposta — eu disse, e acelerei o carro.

Já em casa, abri meus e-mails no computador de mamãe e vi as mensagens; a maior parte era apenas lixo eletrônico. Mas um dos e-mails me deixou gelada. Era do meu pai. Ele tinha deixado seu endereço eletrônico para que eu entrasse em contato com ele, mas eu jamais o fizera. Agora ele estava fazendo o primeiro contato. Será que ele não entendera o recado "me deixe em paz"?

Quase apaguei a mensagem, mas não consegui. Mamãe não entenderia, e pensei que ele deveria ter contado a ela. Abri então o e-mail.

Kassey,

Eu queria que esta fosse uma resposta a um e-mail seu, mas não conseguia mais esperar. Tinha de escrever. Quero pedir perdão por ter deixado você e a sua mãe anos atrás. Eu estava errado. Certamente poderia culpar as drogas e a influência delas em mim. Poderia culpar minha própria estupidez por dar as costas para a melhor coisa que já tive — minha família. Mas colocar a culpa em qualquer coisa além de mim mesmo seria apenas uma tentativa de tirar o corpo fora. Sou um viciado. Levei anos para admitir e dois anos para me reabilitar.

Estou limpo agora e trabalho no Colorado, onde estou reconstruindo a minha vida. Não tenho ilusões de que possa recuperar o que joguei fora com você e sua mãe, mas quero, sim, ter um relacionamento com vocês duas. Tenho mantido contato com Susan, e ela me perdoou. Sou muito grato a ela por isso. Mas ainda falta você.

Susan me disse que você precisa de tempo para me aceitar novamente, para acreditar que desta vez é para valer. Aceito isso. Não vou apressar as coisas ou implorar que me perdoe. Apenas quero que saiba que estou sendo sincero, do fundo do meu coração. Você é a minha única filha. Meu coração estará sempre aberto, e minha vida, entregue a ser um pai para você.

Entre em contato a qualquer hora. Eu amo você.

Seu pai

Bem, lá estava ele, meu pai, tentando se reaproximar. Meu pai pedindo perdão. E minha mãe já o tinha perdoado! Eles não percebiam que eu me sentia ferida e roubada? Não é tão fácil dizer: "Claro, tudo está perdoado". Eu lutava contra um nó de emoções na garganta. Meus sentimentos estavam à flor da pele. Vivi tanto tempo sem um pai na minha vida, não sabia mais o que sentia a respeito. Não sabia como aceitá-lo ou onde encaixá-lo. Tinha tão poucas memórias dele. Nenhum aniversário, nenhum Natal, nenhum feriado de qualquer tipo. Ele era um quadro em branco na minha memória. Talvez até um intruso.

Enquanto tentava invocar memórias do meu pai, tudo o que conseguia me lembrar era de imagens de Matt, o pai de Elowyn. Ele era minha referência de pai. Ela era seu "docinho". Quando éramos mais novas, ele costumava nos dizer:

— Vocês são as trutas mais lindas do meu lago. Terei de bater nos meninos com a minha vara de pescar.

Elowyn ria e respondia:

— Ah, pai, sou mais bonita que um peixe velho. E sem essa de ameaçar meninos com varas também.

Matt inclinava a cabeça.

— Não muito mais bonita que uma truta saltando fora da água em um dia de outono.

— Pai!

E então ele a abraçava com força e afagava a minha cabeça.

— Você sabe que estou brincando, querida. Não há nada mais bonito neste mundo que a minha menina. — E ele adicionava, para meu benefício: — Ou a sua melhor amiga.

Matt era um exemplo brilhante de paternidade para mim, enquanto meu pai era uma sombra. Deixei o e-mail na caixa de entrada. Não respondi, mas também não apaguei.

20. Arabeth

Eu nunca tinha tido a atenção exclusiva de um menino até conhecer Wyatt, e aquilo me surpreendeu. Na primeira vez em que ele me telefonou, parecia que meu coração ia bater até se despedaçar em cacos. Ele ligou para a nossa linha comercial, e eu atendi.

— Pousada Madressilva. Bom dia.

— Arabeth? É Wyatt. Como você está?

Minha voz ficou presa na garganta. Quando respondi, parecia a voz de um sapo.

— Bem.

— Você está bem?

— Claro. Tudo bem. E você?

— Acabei de cortar a grama de três casas. Esse é meu trabalho de verão.

— Parece quente.

— É, mas não de um jeito legal — ele disse, rindo.

— Quente quanto à temperatura, não quente como algo legal de fazer — expliquei, enquanto meu rosto esquentava. Era óbvio para ele que eu não tinha experiência nenhuma para conversar com um menino? — Foi i... isso q... que eu quis dizer — eu gaguejei. — Está quente lá fora, hoje.

— Em Atlanta todos os dias de verão são quentes.

"Alguém me mate, por favor!", pensei, envergonhada. Por que eu não podia simplesmente dizer algo fofo ou inteligente?

— Certo... posso ajudar com alguma coisa? — E, dessa vez, parecia que eu estava atendendo um hóspede da pousada.

— Estava pensando se não poderíamos combinar de fazer alguma coisa juntos.

Meu coração quase saiu do peito.

— Por exemplo?

— Que tal cinema e um lanche amanhã? Ou hoje à noite. Se você não tiver outros planos, claro.

"Apenas ajudar a mamãe com o churrasco semanal dos hóspedes", pensei comigo.

— Amanhã seria melhor.

— Tudo bem, então. Passo para pegá-la por volta das cinco, pode ser? Podemos jantar e depois pegar uma sessão de cinema.

— Eu adoraria.

Ele deixou o número do celular, e então desligamos. Fui para o meu quarto e me joguei na cama, chutando e pulando como um jogador que acabara de marcar um gol. Enfim, eu tinha um encontro! Eu, Arabeth Thompson. E o menino era maravilhoso! Levantei num pulo, fui até minha cômoda e me olhei no espelho. O reflexo do meu rosto sorria. Involuntariamente, minha sobrancelha arqueou, minha boca se transformou em um beicinho e meus olhos verdes pareciam estar azuis. Dei um grito e um salto para trás, afastando-me daquela imagem. Quando olhei no espelho novamente, meu rosto parecia o mesmo, normal e sem graça, de sempre. Mas fiquei abalada. Por um breve momento eu parecera... *ela*. Impossível... Então eu disse a mim mesma que já tinha visto aquele álbum de recortes inúmeras vezes e que a ligação de Wyatt tinha feito com que eu me descontrolasse.

Agarrei o álbum e o empurrei para baixo da cama. Não olhei no espelho novamente, e saí do quarto o mais rápido que pude.

— Definitivamente não! — disse mamãe. — Você é nova demais para sair com um garoto.

— Não sou! — implorei. — E ele é um menino muito legal.

— Não me interessa se ele é o príncipe de Gales. Você não vai sair com um menino tendo apenas quinze anos.

Estávamos na cozinha, preparávamos o churrasco dos hóspedes. Felizmente, todos eles estavam fora naquela tarde, então eu podia gritar. Bati o pé.

— Você nem sequer o conhece!

Mamãe deu um sorriso forçado.

— É verdade.

Ela tinha caído em uma armadilha.

Ela perguntou:

— Como você o conheceu, afinal?

— Ele, Wyatt, veio me visitar com Kassey, aquela amiga de Elowyn. — Eu contara tudo a minha mãe sobre meu encontro com Kassey e a coincidência de Elowyn e eu gostarmos do mesmo sabor de sorvete. Mas não tinha contado a ela os outros eventos estranhos que aconteceram envolvendo a doadora do meu coração.

— Certo, então ele é amigo de Kassey. Isso é bom.

— Nós três conversamos e ele gostou de mim. Então me convidou para sair. — Não contei a ela que Wyatt era o ex-namorado de Elowyn. Seria informação demais para mamãe naquele momento.

— E quando eu iria conhecê-lo? Quando ele a acompanhasse até a porta?

Meu cérebro estava analisando as possíveis respostas. Ele disse que eu poderia ligar se precisasse mudar os planos.

— Posso pedir para ele vir aqui. Talvez hoje à noite.

Ela parou de moldar os hambúrgueres e suspirou.

— Gostaria de conhecê-lo, mas você não vai sair com ele. E não hoje.

— Isso é muito injusto.

— Tenho certeza de que você pensa assim. — Ela colocou o hambúrguer na bandeja e me encarou. — Não se trata só de mim... Prometi ao seu pai.

Aquilo me fez congelar.

— Quando? O que você prometeu a ele?

— Antes de ele partir — ela disse.

Eu sabia que ela estava dizendo "na última vez que ele partiu".

Ela continuou.

— Antes de partir, ele pediu que eu me certificasse de não deixar você usar maquiagem antes de completar, pelo menos, quatorze anos, e para que eu não deixasse você começar a namorar antes dos dezesseis.

Ele perdera dois aniversários meus antes de partir para o Afeganistão porque estava em uma missão especial do exército, e agora nunca mais participaria de um aniversário meu. Ainda assim, não queria perder o meu argumento.

— Vou fazer dezesseis anos em outubro.

— Daqui a alguns meses — disse ela.

— Wyatt terá me esquecido até lá.

Ela levantou a mão.

— Eu disse ao seu pai que nós tínhamos um acordo. Naquela época, nenhum de nós tinha certeza de que você *viveria* até os seus dezesseis anos. Você estava tão doente, e estávamos muito assustados.

Invocar a memória do meu pai era algo que ela raramente fazia, então eu sabia que ela estava falando sério sobre meu futuro em termos de namoro.

— Eu não *queria* usar maquiagem antes do meu transplante — disse, teimosa. — Quem me veria maquiada além da minha família e da minha professora particular?

— Então não foi um problema. Mas isto é.

— Mas nenhum menino me chamou para sair antes.

— O que foi bom. Senão você teria ouvido a palavra *não* antes. — Ela voltou para os seus hambúrgueres. — Convide-o para vir aqui amanhã à noite. Vocês poderão ficar com a nossa sala de estar toda para vocês. Mudarei o meu cronograma e ficarei fora do caminho de vocês a noite toda.

Conformei-me com a solução dela, já que fui eu que voluntariamente sugeri convidá-lo para a visita.

— Ele vai pensar que eu sou um bebê.

— Você é mesmo a minha bebê — ela disse. — Agora pegue aquele maço de alface e aqueles tomates e comece a misturar aquela travessa de temperos.

Ainda irritada, fiz o que ela mandou. A cozinha estava silenciosa, exceto pelo som de mamãe moldando os hambúrgueres e da minha faca fatiando o tomate vermelho e maduro. Lancei um olhar de lado para ela e tentei imaginar por que ela e papai teriam perdido tempo conversando sobre o fato de eu usar maquiagem e namorar quando ainda era tão pequena. Pensar em meu pai me entristecia. Sentia a falta dele, e nunca mais o veria de novo. Não nesta vida, pelo menos.

Ensaiei o que dizer a Wyatt, e como eu agiria de forma relaxada e casual.

— Mamãe me proibiu de sair amanhã à noite. E se você viesse até a minha casa? — Eu estava determinada a não perder aquela oportunidade. Agora que sabia a verdade sobre quando eu realmente poderia namorar, como poderia ter certeza de que alguém me convidaria para sair de novo? Wyatt era tão legal, não podia deixá-lo escapar. Então, como namoraria com ele sem sair de casa? Mamãe e papai já tinham ditado meu futuro anos antes, e eu estava presa a ele. Talvez. E se eu...

O telefone de casa tocou, interrompendo meus pensamentos. Dei um pulo de susto.

— Atenda — pediu mamãe. — Estou suja de hambúrguer até os cotovelos.

Peguei o telefone, na esperança de que fosse Wyatt, salvando-me do trauma de ter de ligar para ele.

— Olá — disse uma voz de mulher animada. — É Arabeth?

— Sim.

— Aqui é Terri Eden. Estive pensando... Eu adoraria levar você e a sua mãe para tomar um chá no Ritz-Carlton. Será que vocês poderiam me encontrar lá neste domingo?

21. Kassey

Eu consegui um trabalho. Nos meses seguintes à morte de Elowyn, Wyatt e eu acabamos ficando muito próximos. Agora ele estava ocupado com seus clientes de manutenção de grama, seus amigos, e, sim, com Arabeth também, o que ainda era uma adaptação a ser feita para mim. Além disso, prometi a minha mãe que o carro seria responsabilidade minha, e a gasolina era cara, então um trabalho parecia a solução lógica.

O trabalho era em um viveiro de flores. Eu gostava, porque podia ficar ao ar livre, tomando sol, e ainda era paga por isso. Também entrei na liga de vôlei de verão na ACM, o que foi ótimo, porque, quando a vida estava sendo injusta, eu podia descontar na quadra meus sentimentos. Em um dos jogos bati uma bola dura sobre a rede, pegando a menina do outro lado em cheio no rosto, fazendo o nariz dela sangrar. Minha culpa.

Perto do feriado de 4 de julho, comecei a ficar muito entediada. A maioria das pessoas, incluindo Wyatt, estava fora da cidade. A ACM estava organizando um piquenique, assim como o escritório de mamãe, mas eu não queria participar de nenhum deles. Em um momento de tédio puro e total, liguei para Arabeth. Ela telefonara algumas vezes naquele verão, convidando para visitá-la, e eu sempre dizia que estava "ocupada". Mas, agora, um dia com ela seria melhor que as minhas alternativas.

— Quem sabe a gente possa ir ver a queima de fogos na Stone Mountain? — sugeri por telefone. — Ou no Six Flags?

— Sério? Você quer que eu vá com você? — Ela parecia estar entusiasmada além do que a situação merecia.

— Você quer ir?

— Claro! Você vai me poupar de uma noite com a minha família.

Na pousada, estavam fazendo um churrasco quando eu cheguei, e o cheiro da carne na churrasqueira estava delicioso. Conheci a mãe de Arabeth, sua tia Vivian e o tio Theo, além de primos e vários hóspedes da pousada que decidiram ficar por ali em vez de encarar o trânsito para assistir aos fogos do feriado.

— Vocês não precisam ir. Podemos assistir aos fogos de longe, naquela direção — disse tia Viv, apontando para o céu além das árvores do quintal. — Nós vamos tomar milk-shake caseiro e evitar a multidão.

A ideia parecia boa para mim. Tinha me esquecido da multidão e do trânsito quando convidei Arabeth para sair comigo.
— Tudo bem por você? — perguntei a ela.

Ela concordou, mas parecia desapontada.

— A gente pode combinar de ir ao shopping na semana que vem — eu disse, para tentar compensá-la. Gostava da família dela, mas entendia seu desejo de se afastar deles. Elowyn estava sempre tentando escapar dos pais, enquanto eu os achava muito legais.

— Ia ser muito legal — disse Arabeth, já mais animada.

Quando começou a anoitecer, a mãe de Arabeth perguntou:

— Onde estão as velas de estrelas que compramos?

— No meu quarto — disse Arabeth. — Vou buscar.

Fui atrás dela. Quando entramos em seu quarto, quase caí. A decoração lembrava o campo francês, com paredes amarelas e um mural de papel de parede com campos de lavanda.

— O que é isso? — perguntei, atônita. — Onde estamos?

— Na França — ela respondeu, caminhando até uma mesa com polimento desgastado rústico.

— Você gosta da França?

— Não antes do meu transplante. — Ela pegou uma sacola e se virou para mim. — Mais uma das coisas estranhas que ia contar a você quando nos conhecemos. Enquanto eu estava no hospital me recuperando, mamãe e tia Viv redecoraram o meu quarto, mas de acordo com o que pedi. Eu simplesmente acordei desejando uma mudança. O campo francês era tudo o que eu queria. — Ela me encarou, e então perguntou como se já soubesse a resposta: — Era a mesma decoração da Elowyn, não era?

— Totalmente. Ela era louca por todo esse estilo campestre da França. Foi longe a ponto de me dizer que se casaria com um francês e moraria na França um dia.

— Bem, não planejo me casar com um francês — ela disse com um sorriso. — Pelo menos disso escapei.

Dei uma volta pelo quarto, estudando a mobília, a colcha da cama e os travesseiros. Ele realmente lembrava o antigo quarto de Elowyn. Acho que o estilo campestre francês lembraria a França independentemente de quem fizesse a decoração.

Parei perto de uma cadeira de madeira; uma sela de formato estranho estava jogada sobre ela.

— Isso não parece ter vindo da França.

— É uma sela de camelo e veio do Afeganistão — disse Arabeth.

— E como isso veio parar aqui? — perguntei.

— Foi um presente do meu pai.

Tentei me lembrar de todas as pessoas que eu conhecera naquela noite. Não havia nenhum sr. Thompson entre elas, então imaginei que Arabeth seria apenas outra menina com uma família desunida. Talvez o pai dela tivesse partido por razões melhores do que o meu.

— Você tem um camelo? — Brinquei, para tentar desanuviar o clima.

Ela balançou a cabeça.

— Papai era do exército. Um bom soldado. Ele foi morto no Afeganistão. Uma bomba à beira da estrada.

Senti um arrepio subir pela espinha. Nunca conhecera ninguém do exército. A guerra era algo que só existia nos noticiários de TV para mim.

— Meu Deus... Sinto muito. Não tive a intenção...

— É passado — disse ela, abraçando a sacola enrugada contra o corpo. — Eu sinto muita falta dele. E sinto por ele nunca ter ficado sabendo do meu transplante. Ele teria ficado muito feliz.

Saímos novamente. Já estava escuro. Vaga-lumes brilhavam no ar.

— Fogos naturais — eu disse, na esperança de conseguir deixá-la um pouco mais animada. Eu não tivera a intenção de magoá-la.

— Dispenso esses — disse a mãe dela, pegando a sacola. Todos receberam duas velas de estrelas.

Arabeth disse:

— Deixa eu mostrar outra coisa. Algo que tenho certeza que Elowyn não tinha.

Segui-a até os fundos do quintal, para uma pequena casa de madeira que era grande demais para um cachorro, mas do tamanho certo para crianças pequenas. Estava escuro demais para vê-la bem, mas dava para ver que tinha uma abertura como porta e uma janela completa, com pequenas persianas.

Arabeth encolheu-se e entrou.

— É apertada, mas pode entrar — disse ela.

Abaixei-me para passar pela entrada e juntei-me a ela no alojamento apertado.

— Meu pai fez esta casa para mim quando eu tinha oito anos. Ele adorava carpintaria e sempre foi muito bom nisso. Eu passava horas aqui dentro. Meu coração não suportava o esforço das brincadeiras, então este era o meu mundo de faz de conta. Aqui dentro eu não estava doente e tinha um milhão de amigos, todos querendo entrar na minha casa de brinquedo.

— É muito legal — eu disse.

— Você acha mesmo?

— Sim. — Abaixei-me um pouco mais, deslizando em uma das paredes, e abracei meus joelhos. Peguei uma das minhas velas de estrela. — Você tem fósforo?

Ela também estava encurvada, abraçando os joelhos, mas conseguiu tirar uma caixa de fósforos do bolso do short.

— Aqui está.

Acendi a minha vela de estrela e a observei pegar fogo.

— É um tipo legal de vela de estrela — disse Arabeth. — O palito esquenta, mas as faíscas não, assim você não se queima.

Testei a teoria pegando algumas das faíscas estreladas. Ela estava certa. Com a casinha iluminada pela vela de estrela, vi que os olhos de Arabeth pareciam arregalados e desprotegidos. Não precisava ser um gênio para perceber o quanto ela devia ter sido solitária quando criança.

Ela encostou a sua vela na minha e as observamos pegar fogo, jogando faíscas para todos os lados.

— Você deve ter tido um pai maravilhoso — eu disse.

— Você não? — ela perguntou.

Minha vela de estrela chegou ao fim de sua vida útil.

— Nem tanto. Ele a mamãe se divorciaram e ele não faz parte da minha vida há um zilhão de anos.

— Esse zilhão é como em anos caninos?

Comecei a rir. Estava começando a gostar dela de verdade e, já não a achava tão assustadora como antes apenas por ter algumas ligações estranhas com Elowyn. Eu gostava dela porque ela era honesta e porque sabia como é perder alguém que se ama.

— Ei, Arabeth e Kassey! Os fogos de artifício estão começando — chamou a mãe dela.

Engatinhamos para fora da casa e olhamos para cima no momento exato em que fogos dourados explodiram no céu escuro e caíram, dissipando-se em seguida. Um foguete explodiu no céu, e vi Arabeth tapar os ouvidos.

— Gosto de ver fogos de artifício, mas não gosto do barulho que eles fazem — disse ela.

— É alto mesmo.

Olhamos o céu se encher de cores.

— O barulho me faz pensar no meu pai e na bomba que o matou. Só espero que ele não tenha tido tempo de sentir nenhuma dor.

Eu pensava a mesma coisa em relação à morte de Elowyn. Será que ela viu a árvore vindo em sua direção? Sentiu o *airbag* esmagar o corpo dela? Sentiu sua cabeça bater na janela? Será que ela sofreu antes de morrer? Estremeci, lutando para não chorar enquanto me sentava na grama para ver os fogos de artifício ao lado da garota que abrigava o coração da minha melhor amiga.

22. Arabeth

Meu verão estava agitado, com tantas pessoas me dando atenção. Havia não só a minha família e os médicos, mas também o novo grupo formado por Wyatt, Kassey e a família Eden. É claro que a atenção de Wyatt era a que mais me interessava. Tive medo de que ele desistisse de mim quando mamãe nos proibiu de sair, mas ele me surpreendeu dando de ombros. Ele me visitava algumas vezes por semana. No início, eu ficava nervosa. Não havia nada a fazer além de nos sentarmos no balanço da varanda e conversarmos, assistir a DVDs ou nos sentar no quintal ao redor da mesa de piquenique ou nas cadeiras de madeira. Eu me desculpei com ele pela falta de entretenimento.

— Sem problemas — disse ele. — Não há nada de errado em ficarmos aqui. Gosto do seu quintal. É lindo.

— Graças ao jardineiro — confessei. — O lugar era uma bagunça quando o compramos, uma verdadeira selva. — Os jardins da mamãe eram densos, com flores crescendo e arbustos aparados. O ar estava pesado com o cheiro da madressilva nas videiras e rosas. Estávamos do lado de fora, comendo bolo de coco fresco na mesa de piquenique. Apontei para um canteiro onde um monte de flores de lavanda estava crescendo, algo que eu quis quando cheguei em casa do hospital. — Kassey me contou que Elowyn gostava de tudo que era francês. Você também gosta?

— Estávamos tendo aulas de francês e ela amava me deixar bilhetes ou enviar mensagens no celular em francês, mas eu não gostava de ler. Inglês, por favor. — Ele se virou para mim. — Você gosta de francês?

Balancei a cabeça negando.

— Mas meu quarto é decorado no estilo campestre francês.

Ele parecia impressionado.

— O quarto de Elowyn também era.

— Kassey me contou. — Expliquei a ele que quando acordei do meu transplante tive esse estranho interesse pela decoração francesa. — Isso tem me perturbado há muito tempo, sabe? Essa mudança das "experiências de Arabeth para as experiências de Elowyn"' que tenho tido desde o transplante.

— É realmente estranho.

Tinha uma pergunta para ele, mas me senti constrangida em fazê-la.

— O que foi? — perguntou ele, percebendo a minha hesitação.

— Você... — Respirei fundo, e continuei: — Eu lembro Elowyn?

Ele me lançou um olhar longo e pensativo.

— Às vezes.

A resposta dele fez meu estômago embrulhar. Não tive coragem de perguntar "como". Em vez disso, perguntei:

— Como ela era?

— Animada. Extrovertida. As pessoas gostavam dela.

— Então ela era perfeita.

Ele balançou a cabeça negativamente.

— Longe disso. Ela tinha um gênio selvagem. E eu sei disso porque era o alvo dela constantemente.

Fiz uma autoavaliação rápida. Perder a paciência não fazia meu estilo, e aquela constatação fez com que me sentisse melhor. Fiz uma nota mental para me lembrar de ser calma e animada perto dele.

— Talvez possamos descobrir isso — disse ele, de repente.

— Descobrir o quê?

— Por que Elowyn está assombrando você.

Um arrepio subiu pela minha espinha.

— Não acredito em fantasmas — eu disse.

— Mas você sabe que alguma coisa está acontecendo — disse ele.

— Fico sempre pensando que vai parar — falei. — Você sabe... depois de certo tempo.

Ele encolheu os ombros.

— Ela também era persistente. Teimosa como um cachorro com seu osso.

As palavras dele me fizeram tremer. No silêncio daquela noite de verão, tudo o que eu queria era que Elowyn saísse da minha vida e me deixasse em paz.

Depois do nosso primeiro encontro no Buckhead Ritz-Carlton, Terri começou a me ligar para conversarmos e até mesmo começou a visitar a pousada. Ela surpreendeu a mim e a mamãe me dando alguns dos livros de Elowyn.

— Mantive alguns dos seu favoritos — disse Terri. — Doei a maioria para instituições de caridade, mas pensei que você pudesse gostar de ficar com os livros de que ela mais gostava, apesar de estarem um pouco gastos.

Eu não sabia o que dizer.

— É muito gentil, Terri — disse mamãe, por mim. — O desgaste só prova o quanto um livro é amado.

— Obrigada — eu disse.

Terri nos surpreendeu ainda mais quando reservou uma semana de férias na pousada para ela e Matt. Mamãe estava fora, fazendo compras no mercado, então eu mostrei os quartos a ela e fiz a reserva.

Curiosa, eu perguntei:

— Por que você quer passar as férias em Atlanta? Você mora aqui.

— E quem tem tempo para explorar sua própria cidade? Quero dizer, veja todas as coisas legais que existem para ver e fazer aqui em Atlanta e na região. E uma mudança de ares será ótima também. — Ela sorriu. — Além disso, a comida da sua mãe deve ser deliciosa.

Nossa pousada tinha sido notícia uma semana antes, tendo sido considerada um dos melhores pontos da região, e a comida da mamãe tinha sido muito elogiada. Devolvi um sorriso a Terri.

— E eu sou a *sous-chef*. Ninguém elogia a perfeição com que os legumes são picados.

Terri riu e apertou minha mão.

— Arabeth, você é tão engraçada!

Eu fiquei feliz por poder fazê-la rir.

— Seu quarto Dolley Madison[3] está reservado para a última

[3] Dolley Payne Todd Madison (1768-1849) foi a quarta primeira-dama dos Estados Unidos, esposa do presidente James Madison.

semana de julho. — Mamãe dera nomes de mulheres norte-americanas famosas aos quartos.

— Ótimo. — Terri pegou os papéis. — Então, você estará aqui durante essa semana?

— Claro, mamãe precisa de ajuda porque o verão é muito agitado. Estarei aqui transportando malas a semana toda. A seu dispor.

— Excelente! Tê-la por perto certamente tornará nossa estadia mais divertida.

Observei-a partindo e me perguntei de que forma exatamente a minha presença poderia adicionar algo a seu divertimento.

O que eu mais gostava era de passar meu tempo com Kassey. Já fazia muito tempo desde que eu tinha tido uma amiga de verdade — Mônica. Estar doente não me ajudava muito a fazer amizades. Além disso, nós nos mudamos, fiz o transplante e, por fim, nunca me identifiquei com ninguém na Athena. Não era como se Kassey e eu fôssemos muito próximas, mas ela era inteligente e legal, e dizia coisas que me faziam rir.

Quando ela não estava trabalhando, íamos ao shopping juntas, ao cinema e caminhávamos por algumas trilhas.

— Preciso manter a forma — dizia ela. — Por causa do vôlei, principalmente.

— Isso também me ajuda — eu disse. Estávamos em uma área verde, não muito longe da pousada. Era um dia quente, o ar estava calmo e pesado. As folhas nas árvores acima da nossa cabeça balançavam frouxas e secas. — Penso em todos os dias em que não pude caminhar — adicionei. — Dias em que eu estava recebendo oxigênio e mal podia respirar. Sem o transplante de coração, eu já estaria morta.

Ela diminuiu o passo e olhou para mim.

— É verdade?

— Já podia sentir a respiração da Dona Morte.

Ela deu uma risada discreta.

— Não brinque com isso.

Eu estava tentando fazer a minha situação trágica parecer menos desesperada e patética.

— Não penso muito nos momentos ruins. Quero dizer, me sinto tão bem agora, não há graça nenhuma em me lembrar de como as coisas eram ruins.

Ela parecia ter perdido as palavras, então eu disse:

— Não precisa ficar com dó de mim. Eu assistia à televisão bastante e lia muitos livros. Você acredita que sou capaz de dizer de memória páginas inteiras de Jane Eyre?

— Tive de ler esse livro no oitavo ano, mas nunca consegui entender. Elowyn entendia. — Ela fez uma careta. — Não foi isso que eu quis dizer. Droga, milhões de meninas gostam de Jane Eyre.

De repente o calor tornou-se opressivo.

— Tínhamos muito em comum — eu disse. — Eu me pergunto por quê. Eu nunca a conheci e mesmo assim ela... ela está influenciando a minha vida.

— Eu sei apenas sobre o sorvete e o quarto com decoração francesa. Aconteceu mais alguma coisa?

— Quando estava escrevendo uma redação para ser admitida na Athena, escrevi o texto todo com a mão esquerda... Centenas de palavras.

Kassey parou no meio da trilha e olhou para mim, atônita.

— Com a mão *esquerda*?

— Foi automático. Nem tinha me dado conta até a diretora dizer algo a respeito. Não sou canhota. Mas posso apostar que Elowyn era.

Kassey confirmou.

— Era isso que a tornava tão valiosa na quadra de vôlei. Nossos oponentes nunca previam o seu ataque.

Suspirei.

— Eu nunca tinha conseguido escrever com a mão esquerda até aquele dia. *Nunca*.

Kassey parecia compreender.

— Não sei o que dizer. — Ela olhou para o céu. O sol já tinha desaparecido e o ar tinha cheiro de enxofre. Ela pegou o meu cotovelo. — É melhor corrermos. Uma tempestade está chegando.

O céu realmente estava escurecendo e a brisa balançava as folhas das árvores. O clima piorou com a chegada de nuvens. Será que algum dia eu ficaria livre de Elowyn Eden?

— Sabe o que precisamos fazer? — perguntou Kassey, já com a voz mais animada e clara.

— Diga.

— Nós precisamos passar um dia no parque aquático Six Flags. O que você acha?

Eu queria abraçá-la naquele momento.

— Eu adoraria!

A chuva logo chegou, nos encharcando. Voltamos correndo para o estacionamento, até o carro de Kassey. Ela fez piadas durante todo o caminho de volta e pulamos em poças d'água, e demos risadas como duas crianças.

23. Arabeth

Era meu trabalho ajudar mamãe a servir o café da manhã e o jantar para os hóspedes da pousada. Eu também era responsável por retirar os pratos e talheres da grande mesa de jantar e colocá-los na lava-louças após as refeições. Estava trazendo travessas de ovos mexidos e *bacon* da cozinha quando uma mulher me chamou:

— Arabeth, bom dia.

Terri e Matt estavam sentados do outro lado da longa mesa.

— Oi — eu disse, com o meu melhor sorriso. Era uma segunda-feira, então nossos hóspedes do final de semana já tinham ido embora, sendo substituídos por quatro casais que passariam a semana conosco.

— Dá para acreditar que já estamos no final de julho? — perguntou Terri, com um sorriso radiante.

Coloquei as travessas sobre a mesa.

— Sejam bem-vindos — eu disse.

Matt estava lendo o jornal, mas olhou para mim por cima dele. Seus olhos azuis se suavizaram.

— Bom dia, senhorita Arabeth.

— Vocês dois vão explorar a região hoje? — perguntei.

Terri olhou para Matt.

— Era sobre isso que queríamos conversar com a sua mãe.

— Temos vários panfletos de lugares para visitar no balcão da recepção — eu disse. Mamãe tinha um bom estoque de panfletos. Quando os hóspedes nos pediam sugestões de lugares para visitar e explorar, havia sempre muitas opções de escolha.

— Já temos uma programação — disse Terri. — Vamos ao aquário novo. Você já o visitou?

Balancei a cabeça.

— Ainda não. — O aquário de Atlanta fora reformado, e todas as revistas de viagem que mamãe comprava falavam dele.

Terri abriu um sorriso.

— Será que eu poderia falar com você e a sua mãe na cozinha?

— Preciso buscar o restante da comida. Venha comigo.

Ela me seguiu até a cozinha, onde mamãe estava ocupada colocando seus bolinhos caseiros de canela em cestas.

— Oi — disse ela, surpresa ao ver Terri. E me entregou duas cestas.

— Pensei que você tivesse voltado para a cama — mamãe reclamou para mim.

— A culpa é minha — disse Terri. — Eu a segurei, estava conversando com ela.

— Vá logo! — disse mamãe, empurrando-me em direção à porta. — Antes que esfriem.

Levei as cestas, conferi o suco e os bules de café na mesa e retornei para a cozinha para enchê-los novamente. Terri estava conversando com mamãe, que balançava a cabeça, mas não parecia muito feliz.

Mamãe virou-se para mim.

— Os Edens querem saber se você quer ir ao aquário com eles hoje.

— Se sua mãe puder liberar você, claro — adicionou Terri, em tom de conciliação.

— Posso? — Um dia de diversão parecia ótimo, como a suspensão de uma pena a ser cumprida.

— Segunda é dia de limpeza — mamãe disse.

Eu era responsável por recolher as toalhas e lavá-las. Minhas esperanças naufragaram.

— Nós podemos escolher outro dia para ir ao aquário se for mais viável — disse Terri. — Matt e eu adoraríamos se você pudesse vir conosco.

Mamãe apertou os lábios. Eu sabia que ela não gostava muito de mudanças de planos de última hora, mas, por outro lado, aquelas pessoas tinham doado o coração de sua filha para mim.

— Vou ligar para tia Vivian e ver se ela pode vir me ajudar — ela disse. — Seus primos estão em um acampamento da igreja esta semana, então talvez ela possa.

Terri e Matt fizeram eu me sentir uma princesa o dia todo. O carro deles era macio, o mais legal em que eu já tinha andado, e Terri falou durante todo o percurso até o aquário. Estacionamos, e vi Matt pendurar três câmeras em volta do pescoço. Devo ter parecido espantada, porque ele riu e disse: — Sou fotógrafo amador. Esta é uma filmadora digital, esta aqui é uma câmera digital pequena para fotos instantâneas e esta outra usa filmes antigos para revelar. Tenho um quarto escuro para revelar fotos em casa.

— Tem sido o *hobby* dele há mais de um ano — disse Terri. — Desde que... — Ela interrompeu abruptamente. Sua expressão anuviou, e em um instante ficou ensolarada novamente.

— Deixa pra lá. Ele ama fotografia, e eu faço álbuns de recortes das nossas viagens. Somos o casal perfeito. — Ela passou o braço por dentro do braço de Matt.

Aquele momento estranho passou e entramos no aquário. Vimos todas as exibições, com Matt tirando fotos de tudo o que se movesse. Apenas paramos por tempo suficiente para almoçar, no restaurante do aquário.

— Escolha o que quiser — disse Matt, apontando para o meu cardápio.

Comer fora não era algo que eu fazia com frequência, mas as opções do cardápio eram simples, então escolhi um hambúrguer.

— Vocês jovens sempre escolhem hambúrgueres — disse Matt, enquanto eu me perguntava se era isso que Elowyn escolheria também.

— Você está ansiosa para voltar às aulas? — perguntou Terri.

— Talvez não *ansiosa*, mas sempre gostei de estudar.

— Onde você estuda?

Dei uma mordida no hambúrguer e contei a ela sobre a bolsa de estudos que me ofereceram na Athena, mas também o quanto eu queria estudar em Roswell High.

— Sem comparação — disse Terri, mexendo na sua salada. — A Athena é a melhor. Você deve ser muito inteligente. É uma oportunidade maravilhosa.

— Foi o que mamãe disse, mas eu realmente gostaria de estudar em uma escola normal.

— Por causa dos meninos? — ela perguntou.

— Espere até a faculdade — disse Matt. — As opções são melhores.

— Foi onde nos conhecemos — disse Terri.

— E eu dou a defesa por encerrada.

Eles riram da piada que fizeram entre eles. Terri se virou para mim.

— Falando sério, Arabeth, se você tem oportunidade de se formar na Athena, não a desperdice — ela disse e olhou para baixo. — Veja só... eu... dando um sermão. Me desculpe.

— Tudo bem — eu disse, tentando não desanimá-la.

— Nós também queríamos que Elowyn estudasse na Athena, mas ela se recusou firmemente — disse Terri. — Ela era muito teimosa.

Matt estendeu o braço e pegou a mão dela.

— Precisamos de uma foto. — Ele se levantou da mesa em um salto e tirou várias fotos. Eu já estava me sentindo constrangida, mas ele estava tão feliz, então eu simplesmente sorria e me inclinava ao lado de Terri. Ela passou o braço em volta dos meus ombros e nós fizemos pose para a câmera.

— Você se divertiu? — mamãe perguntou quando ficamos sozinhas naquela noite.

— Muito! Eles são muito legais! — Eu estava no sofá, cercada por um golfinho prateado, uma baleia assassina macia e um polvo, todos presentes de Matt, comprados na loja do aquário.

— São para você se lembrar desse nosso dia juntos, Arabeth — dissera ele.

Peguei o controle remoto, pronta para navegar pela programação noturna da segunda-feira.

— Eles certamente compraram muita coisa para você.

Virei-me para ela e vi um olhar provocativo cruzar seu rosto. Fiquei na defensiva. — Eu tentei dizer não, mas eles insistiram.

Não me pareceu nada demais. — Ela pressionou os lábios. — Tem alguma importância? — perguntei, não muito certa do seu humor.

— Só não acho que você deveria encorajá-los.

— O que você quer dizer?

— Eles não deveriam estar gastando o dinheiro deles com você.

— Você quer que eu devolva essas coisas? Farei se você quiser.

Ela apertou a ruga entre as sobrancelhas.

— Não, não... Está tudo bem. Não devia ter tocado no assunto. Fico feliz que você tenha tido um dia bom.

Encolhi os ombros e voltei minha atenção para o controle remoto. Mamãe agia de modo um pouco estranho às vezes. Quero dizer, por que ela faria qualquer objeção a alguns animais de pelúcia que eu ganhara dos Edens? Eu planejava colocá-los em prateleiras nas paredes do meu quarto e esquecê-los. Que mal me causaria ficar com eles?

24. Kassey

Trabalhei horas extras no viveiro para que os funcionários que trabalham em período integral pudessem sair de férias, então já estávamos em agosto quando Arabeth e eu finalmente conseguimos ir ao parque aquático Six Flags. Passei para pegá-la cedo em uma sexta-feira, tentando chegar antes da multidão. Nos dias quentes do verão de Atlanta o parque era muito visitado. Conseguimos um lugar na praia artificial de areia branca, abrimos as toalhas e nos lambuzamos de protetor solar.

— Eu me queimo como um camarão — disse Arabeth. — Aposto que você fica bronzeada.

— Eu fico. — Poupei Arabeth de saber que "Elowyn também tinha que ser cuidadosa para não fritar como um camarão". — Vou ficar de olho em você para não fritar — foi o que eu disse a ela.

Arabeth deitou-se de costas.

— Tenho de me virar sempre... como um frango no espeto giratório.

Dei risada. Quando o verão começou, eu não sabia o que pensar sobre ela, mas depois comecei a gostar de Arabeth. Mesmo sendo mais nova, ela não era insuportável como a maioria das meninas de quinze anos que eu conhecia. Ela era profunda e sensível e, sim, ela me lembrava Elowyn, o tempo todo. A personalidade dela revelou-se e me deu uma ideia de como era a menina que perdera horas sozinha, por todos aqueles anos em que esteve doente.

— Trouxe alguns livros — ela disse.

— Trouxe revistas — respondi. — Só para ver as roupas que não poderei comprar para voltar às aulas.

Ela se levantou, apoiada nos cotovelos.

— Você não adora aqueles truques bobos que essas revistas ensinam para conseguir copiar um estilo caríssimo por apenas alguns dólares? — Arabeth quis saber.

— Hum... Como se eu tivesse tempo para ficar procurando roupas em lojas baratas. Vou até a loja de descontos e encho meu guarda-roupa inteiro em menos de um dia.

O cheiro do cloro e a sensação do sol quente me deixaram sonolenta; apenas os gritos das crianças me impediam de cair no sono. Minha mente viajou no tempo para os verões em que Elowyn e eu praticamente vivíamos na piscina do clube, e para os garotos que tentávamos impressionar. A nostalgia atingiu-me em ondas.

— Falei pra você que Terri e Matt passaram a semana passada na pousada? — contou Arabeth.

A notícia me despertou.

— Sério?

— Eles me trataram de forma especial.

Levantei-me.

— Como assim?

— Eles me levaram ao aquário e passamos o dia todo lá. Em outra tarde, fui ao cinema IMAX com eles e assistimos a um filme em 3D. Foi muito legal!

A informação parecia me picar, como um alfinete pontiagudo.

— Por que eles foram à pousada?

Ela encolheu os ombros.

— Eles disseram que estavam de férias. Quero dizer, quem viaja nas férias para um lugar ao lado de casa? Aposto que eles podem ir a qualquer lugar que queiram. Como para a Europa. Ou fazer um cruzeiro.

Imagens de outros verões passavam pela minha mente. Poderia ter contado a Arabeth sobre as férias que eu passara com os Edens e Elowyn, mas por quê? Aquilo me deixaria triste e provavelmente não adicionaria nada ao dia de Arabeth. Lembrei-me das épocas em que Elowyn e eu passamos as férias juntas, com os pais dela. Os Edens me levavam a restaurantes e me davam presentes e muitas das coisas que davam a Elowyn, só porque eu era a sua melhor amiga.

— Eles são pessoas muito boas — eu disse, casualmente.

— Como ela era? — perguntou Arabeth. — Você sabe, por que vocês duas eram amigas?

Sentei-me, abracei meus joelhos e apoiei meu queixo neles. Ela me fizera uma pergunta honesta, e imaginei que já estava na hora de falar sobre Elowyn e satisfazer a curiosidade de Arabeth.

— Ela era gentil e generosa. Dava-me roupas quando nem era meu aniversário, até me deu uma chave do carro dela antes que eu tivesse minha habilitação. E o chaveiro que carrego; é da Tiffany.

Ela arregalou os olhos.

— Que presente legal! Você dirigia o carro dela?

— Nunca tive a chance. — Joguei a chave na gaveta da minha escrivaninha após o acidente e a deixei lá. Não consegui me desfazer dela, apesar de o carro não existir mais.

— Você acha que ela era perfeita?

Sorri.

— Ela tinha um temperamento difícil, e, quando o humor dela mudava, era bom sair de seu caminho.

— Wyatt disse a mesma coisa.

Wyatt. Ouvir o seu nome mexia comigo.

— Vocês ainda estão se vendo?

— Ele tem vindo me ver. Mamãe não me deixa sair, então passamos o tempo na pousada.

Meu primeiro pensamento foi "que bom"; meu segundo pensamento foi, na verdade, um desejo, para que ele e eu não saíssemos mais juntos. Nós mal nos vimos naquele verão. Sentia falta de sua companhia, não apenas porque tínhamos Elowyn em comum, mas porque eu sentia falta de tê-lo por perto.

— Não parece tão ruim assim — eu disse finalmente.

— Não consigo deixar de pensar que um dia ele vai se entediar e desaparecer.

Pensei comigo: "Ele nunca deixou Elowyn".

— Você tem namorado? — Arabeth quis saber.

Estiquei as pernas, vendo as crianças brincarem nas ondas artificiais. O sol brilhava na água azul.

— Não — respondi honestamente. — Mas minha mãe está namorando um cara do escritório dela. Ele é legal, mas é um *nerd*.

— Minha mãe não teve nenhum namorado desde que papai... Bem, você sabe.

— É constrangedor — confessei. — Quero dizer, minha mãe tem namorado e eu não.

— O que você acha que pessoas mais velhas como eles fazem? — ela perguntou.

— Eles comem fora — eu respondi.

— Você acha que eles, você sabe...

Nós rimos juntas. Era exatamente assim que Elowyn teria reagido, com uma réplica rápida, e então nós daríamos risada.

— Nós somos amigas? — perguntou Arabeth, tirando fiapos de sua toalha.

A pergunta pegou-me de surpresa.

— Claro.

— Então, amigas podem contar coisas uma para a outra, sem esperar que a outra saia espalhando o que ouviu por aí, não podem?

Não imaginava Arabeth guardando segredos.

— Essa é uma definição de amiga — falei.

Ela olhou ao redor, mas ninguém teria nos escutado com os gritos das crianças na piscina.

— Wyatt e eu escapamos uma noite. Eu sei que não deveria. Mamãe tinha ido dormir cedo, então chamei Wyatt e ele me encontrou na casa de brinquedos. Nós passamos pelos arbustos e chegamos até o lugar onde ele tinha estacionado o carro, na rua de cima.

A sua confissão não estava aliviando em nada o nó que eu sentia dentro de mim.

— Onde vocês foram? — Tentei deixar minha voz o mais leve possível.

— Ele... ele levou-me a um lugar especial. Disse que não ia lá há anos, mas pensou que eu gostaria de conhecer. — Ela inclinou-se em minha direção. — Levou-me a um lugar atrás do aeroporto, em uma estrada escura, e ficamos estacionados lá. Ele colocou um cobertor em cima do capô do carro e vimos os aviões decolarem. Um deles veio na direção em que estávamos e balançou o carro todo com o som dos motores. Foi incrível.

Senti-me enjoada.

Ela abaixou a cabeça, procurando mais fiapos para tirar da toalha.

— E ele... ele me beijou sob a luz das estrelas.

25. Kassey

Não deixei que Arabeth percebesse o quanto eu estava furiosa por Wyatt tê-la levado ao seu "lugar especial". Guardei a minha raiva e fingi estar me divertindo, torrando no sol, mas assim que a deixei na pousada corri para minha casa, tomei banho e me vesti, e fui direto para a casa de Wyatt. Seu carro não estava lá, então estacionei na frente da casa e esperei. Eu fervia de raiva. Não me sentia tão furiosa desde o dia em que o ataquei nos degraus da varanda da minha casa. E dessa vez eu estava magoada também. Ele beijara Arabeth exatamente da mesma forma que me beijara também.

Estava estacionada lá fazia cerca de trinta minutos quando ele apareceu, carregando um *trailer* pequeno com os seus cortadores de grama e outros equipamentos. Eu o encontrei no jardim em frente da sua casa.

— Kassey, o que você está fazendo aqui?

— Precisamos conversar. — Era incrível como eu conseguia manter a calma quando na realidade queria arrancar os olhos dele.

— Posso me lavar primeiro?

— Tanto faz.

Dentro da casa dele, sentei-me no sofá, vendo o irmão dele de doze anos jogar *video game*. Seus pais não estavam em casa, e fiquei feliz por isso, pois sabia que eu ia gritar. Wyatt voltou do banho com roupas limpas, secando o cabelo com uma toalha. Tinha cheiro de sabonete de menta.

— Vamos para o meu quarto — disse ele.

O irmão nem olhou para nós. O quarto de Wyatt estava uma bagunça, com pilhas de roupas, pratos descartáveis e latas de refrigerante.

— Não repare no lixo. Eu o tiro daqui uma vez por semana — disse ele, empurrando a bagunça de cima da cama para eu me sentar.

Não me sentei.

— Tudo bem — disse ele, jogando a toalha em uma das pilhas. — Qual é o problema?

De frente para ele, comecei a tremer com a fúria reprimida, mas mantive a voz dura.

— Passei o dia com Arabeth no parque aquático Six Flags.

— Certo.

— Ela me contou, Wyatt. Ela me contou que você a levou para os fundos do aeroporto para verem os aviões decolarem. E que você a beijou.

Seu rosto ficou vermelho.

— Foi um impulso, uma coisa de momento.

— Por favor. Você planejou aquilo.

Ele me ignorou.

— O que você quer dizer?

— É assim que você age? Leva as garotas para contar aviões e estrelas para que você possa dar em cima delas?

— Não foi assim — ele disse, bruscamente. — Eu me sinto conectado a El quando estou lá.

Quase explodi.

— Tão conectado que você tem que beijar todas as garotas que leva lá?

— Pare com isso, Kassey. Você não sabe como eu me sinto.

Mas eu sabia como *eu* estava me sentindo: furiosa, culpada, traída.

— De qualquer forma, por que você está preocupada com quem eu levo lá?

— *Você* era o namorado de Elowyn. *Você* pertencia a ela. *Você* a amava. — Não adicionei: *E você me fez acreditar que eu era especial.* Mas pensei em como aquilo era real para mim.

— Ela se foi.

Era verdade, mas eu não iria deixá-lo escapar dessa tão facilmente.

— Você vai magoar Arabeth. Você vai despedaçar o coração dela.

— Ela é bonita, e eu gosto dela, mas não se trata só dela.

— Como assim? — Cruzei os braços.

— Eu não deveria ter de te contar como ela me lembra Elowyn. Você sabe o que estou dizendo. É estranho às vezes. Ela faz ou diz algo e parece que Elowyn está lá comigo. Suas expressões me lembram Elowyn. Seus gestos. Vejo e escuto El quando estou com ela.

Eu não procurava essas coisas em Arabeth como ele fazia, mas as reconhecia quando aconteciam. Em um momento Arabeth era ela mesma e, então, em um instante, ela se transformava em um clone de Elowyn. Rangendo os dentes, eu disse:

— Ela não é Elowyn.

Então seus olhos se encheram de lágrimas.

— Eu sei.

Sua demonstração de emoção diminuiu a minha raiva. Não esperava aquilo.

Ele se sentou, desmoronando na cama, encarando as mãos. Quando olhou para cima, disse:

— Quero te mostrar uma coisa.

Ele se levantou, foi até a cômoda e pegou o celular. Passou um minuto rolando páginas e então me entregou o aparelho.

— Nunca mostrei isso a ninguém, ninguém.

Peguei o telefone, olhei a mensagem de texto com data de um ano antes, da noite que Elowyn morrera. Ela dizia:

Odeio vc, Wyatt * odeio odeio odeio * vc disse que me amava, mas não me ama...

— Isso é tudo?

— Foi a última mensagem que ela me mandou. Acho que ela estava digitando quando bateu o carro.

Pensei na chamada que recebi dela naquela noite. Ela estava aos prantos. Eu também não me perguntara se ela não estava falando comigo quando bateu? Talvez a ligação não tivesse caído, e em vez disso tivesse contribuído com o acidente.

Os ombros de Wyatt desabaram.

— Você tem ideia de como é pensar que eu causei o acidente?

Claro que eu tinha.

— A chuva causou o acidente — eu disse. — Os policiais disseram que a causa foi a chuva, a pista escorregadia e uma árvore. — Sentei-me ao lado dele na cama, toda a minha raiva se esgotara. A dor e a culpa exalavam dos seus poros. Não havia nada que eu pudesse dizer para fazer com que aquele sentimento dentro de nós desaparecesse.

Guardei o que acontecera para mim. Wyatt e eu nos distanciamos, e eu disse a Arabeth que estava trabalhando muito. Não era justo com ela, mas eu não me importava. Incomodava-me saber que ela estava com Wyatt naquelas noites de verão. Eu mal podia esperar pela volta às aulas. Começaria meu último ano e poderia me enterrar nas aulas e no vôlei. Eu ganhara a votação para ser a capitã do time novamente no final da última temporada e estava pronta para esmagar qualquer adversário que cruzasse nosso caminho.

Eu continuava vendo em minha mente a última mensagem de Elowyn para Wyatt. É claro que ela não o odiava. Como intermediária oficial dos dois, eu sabia que ela o amava. E esse sempre fora o problema entre os dois. Eles se amavam, mas não conseguiam ficar juntos.

Dias depois, eu estava arrastando os pneus novos de mamãe para o carro, no trabalho, quando meu celular começou a vibrar no bolso. Peguei-o e vi o nome de Wyatt no visor. Foi uma surpresa. Atendi, incerta do que deveria esperar. Eu disse:

— Oi.

Ele então respondeu:

— Arabeth desmaiou. Eles a levaram ao hospital.

Parte Três

26. Arabeth

Estou caminhando em um campo, sob um céu azul, o dia está tão claro que a paisagem se destaca em relevo. Estou em um campo de lavandas, o aroma é doce e inebriante. Fui transportada, como se uma espaçonave alienígena tivesse me arrebatado e levado para longe. Lembro-me de estar na minha varanda. Lembro-me da sensação pesada no peito, um peso assombroso que eu não conseguia suportar. Ouvi Wyatt dizer:

— Arabeth! Qual é o problema?

E acordei no paraíso. Estou sozinha, mas não estou com medo. Nada importa neste lugar, a beleza me cerca. Na brisa, as ondas de lavanda; não está quente nem frio. As flores pequenas e adoráveis se esfregam em mim e seu aroma fica na minha pele. Pergunto-me onde estou e por que estou aqui. Procuro mamãe. Mamãe não costuma me deixar sair sozinha.

Ao longe, vejo uma fileira de árvores ao longo da beira do campo. Um homem aparece, saindo da mata, e caminha na minha direção. Eu paro, ergo minha mão para proteger os olhos, eu os aperto para conseguir focar a visão nele, apesar da luz do sol. Ele usa farda, com as cores da areia do deserto e da terra manchada pelo ferro. Usa capacete e botas cor de areia. Carrega um rifle, e há outra arma presa ao redor de sua coxa.

Meu coração começa a bater mais rápido. Não consigo ver o rosto dele claramente, mas conheço sua postura, conheço a forma como ele se porta e como endireita os ombros. E reconheço então meu pai.

Meu coração acelera ainda mais. Corro em direção a ele, acenando, gritando.

— Papai! Papai! — Ele acena de volta para mim, alegre. Eu corro, corro, mas não saio do lugar. Ele continua parado, não chega perto de mim.

Eu choro.

— Papai, me ajude.

Ele assiste a tudo e começa a fazer um gesto frenético para que eu pare. Ele aponta o caminho de volta. E ouço uma voz na minha mente dizer: — Arabeth, vá para casa.

— Quero ficar com você, papai.

— Ainda não — disse a voz na minha mente. — Volte.

Paro de correr, inclino-me para recuperar o fôlego. De repente, sinto-me muito cansada, muito sonolenta. Endireito o corpo a tempo de ver meu pai voltar para a mata e desaparecer. O campo desaparece, sendo substituído pela escuridão. Começo a chorar.

Mamãe me chama de volta da escuridão.

Luto para abrir os olhos. Meu cérebro parece estar nadando em uma lama densa e grudenta, que me suga para baixo.

Ela segura a minha mão.

— Acorde, querida. Por favor, acorde.

Meu peito parece pesado. Uma máscara de oxigênio cobre meu nariz e minha boca. Consigo voltar e vejo o rosto de mamãe pairando sobre o meu. Ela está usando uma máscara e uma camisola, como nos dias seguintes ao meu transplante, em que eu estava em isolamento e até os germes comuns eram uma ameaça à minha vida. Solto um gemido.

— Graças a Deus! Graças a Deus! — disse ela.

Quero falar.

— Não — ela disse. — Apenas descanse por enquanto.

Ignoro o que ela pede.

— O que...?

— Você desmaiou.

— Rejeição? — Consigo expressar o meu maior medo.

Ela confirma com a cabeça.

— Mas você está sendo tratada. Você ficará bem.

É melhor que eu fique mesmo. Não posso me tornar uma inválida novamente. Não me tornarei.

— Descanse — ela pede, afagando meu ombro. — As perguntas podem ficar para depois.

Quando o mais tarde chega, fico sabendo que eu "morrera". A morte clínica é diferente da morte biológica. Geralmente, no caso de morte clínica, os médicos podem trazer você de volta à vida. Eles colocam pás no seu peito, atacam o seu coração com uma carga elétrica e dão remédios por acesso intravenoso. Você acorda. Eu acordei. Mas agora estou com medo. Nunca esperei que o meu coração — que o coração de Elowyn — me deixasse na mão.

Sinto-me forte o suficiente e digo a mamãe:

— Vi o papai, em um campo.

Seu rosto fica pálido.

— Você viu?...

— Ele estava vestido de soldado. E estava perfeito, mamãe. Sem qualquer marca ou sangue sobre ele. Queria ir até ele. Queria abraçá-lo.

— E ele?

— Ele me disse para ir até ele e eu tentei. Depois ele me mandou voltar, então eu voltei. Você acredita em mim, mamãe? Quanto a papai?

Seus olhos se encheram de lágrimas. Ela afagou o meu cabelo.

— Claro que acredito em você. Estou feliz que ele tenha mandado você voltar para casa. Estou feliz por você ter voltado para mim.

O dr. Chastain veio me ver, carregando meu prontuário médico, que já era grosso como uma lista telefônica.

— Como você está se sentindo, Arabeth?

— Confusa. Um pouco sonolenta.

Ele balançou a cabeça.

— Essa foi por pouco.

A verdade nua e crua. Eu recuei.

— Por que... O que aconteceu comigo?

— Você teve um episódio de rejeição.

— Como? — Aquilo era como um pesadelo. Eu não poderia rejeitar.

— Você ingeriu alguma coisa que desencadeou o processo.

— Eu fiz isso? — Tentei me lembrar do que eu estava fazendo antes de a dor me atingir, antes que eu desmaiasse. Estava com Wyatt. Minha mente parou nessa conjuntura. Será que tive uma convulsão? Será que o deixei enojado? — Eu... eu estava com um amigo — disse ao médico. — Estávamos conversando na varanda.

— Você tomou alguma coisa?

A testa de mamãe franziu ao ouvir a pergunta. Ela estava ao lado da minha cama, ouvindo o médico.

— Você está perguntando se ela usou alguma droga ilegal? — Ela parecia ofendida por mim.

— Eu nunca usaria drogas — respondi, à medida que meus olhos se enchiam de lágrimas. — Nunca machucaria meu coração.

— Encontramos um remédio comum para resfriados no seu organismo.

Aquilo me atingiu como um trem. Eu sentira que estava ficando resfriada e não queria ficar congestionada e espirrando na frente de Wyatt. Eu realmente tomara, sem pensar, um desses remédios que ficam no balcão da farmácia.

— Eu expliquei que misturar medicações é perigoso e que você não deve tomar nada sem a minha aprovação. Os remédios que você toma para proteger o coração podem causar consequências involuntárias. Você poderia ter morrido.

Estava em estado de choque. Sem pensar, eu fizera aquilo comigo.

— Como eu... eu nunca pensei em jogá-los fora?... — mamãe balbuciou.

— Você não precisa jogá-los fora — rebateu o dr. Chastain olhando para mamãe. Depois olhou para mim: — Isso é algo de que você deverá se proteger para sempre, Arabeth.

Eu queria deslizar para debaixo do lençol e desaparecer.

— Eu prometo que serei mais cuidadosa.

Ele apertou meu braço.

— Vou liberar você do isolamento amanhã, mas quero que permaneça no hospital por mais alguns dias em observação.

— As aulas começam em duas semanas — mamãe disse. — Ela pode ir?

A ideia não tinha passado por minha cabeça. Entrei em pânico. Não suportava a ideia de voltar a ter aulas em casa.

— Vamos ver a recuperação dela como será — ele disse. — Se ela continuar melhorando, não vejo motivo para impedir.

Depois que ele se foi, olhei para mamãe.

— Me desculpe. Esqueci que não podia tomar aquele remédio. Me sinto tão bem que às vezes... às vezes esqueço que já estive doente.

Ela parecia muito aborrecida.

— Você deve se lembrar sempre. Não suporto a ideia de perder você.

— Vou ficar bem, mamãe. Quero viver muito, muito tempo.

Ela esfregou a testa.

— Há uma fila de pessoas querendo ver você.

— É mesmo?

— Tia Viv e a família. Kassey. Wyatt. — Então ela respirou fundo: — E Terri e Matt Eden.

27. Kassey

Você não sabe o que tem até perdê-lo — ou, no caso de Arabeth, até quase perdê-la. No dia em que Wyatt ligou contando o que aconteceu, entrei em pânico. Baguncei meu quarto, jogando roupas, travesseiros, até mesmo um abajur — ainda bem que ele não quebrou. Gritei, chorei, esmurrei as paredes. Não conseguia acreditar que aquilo estivesse acontecendo de novo. Não podia acreditar que estivesse perdendo minha melhor amiga, Elowyn, pela segunda vez.

Mamãe estava trabalhando, então ela perdeu meu ataque de fúria, e arrumei tudo antes que ela chegasse. Contei a ela sobre Arabeth no momento em que ela entrou pela porta de casa.

— Ah, não — ela disse, jogando a bolsa e as chaves em cima do balcão da cozinha. — Ela ficará bem?

— Vou para o hospital para ver como ela está.

— Você precisa que eu vá com você?

Um ano e meio atrás eu precisara que ela fosse comigo, mas não precisava desta vez.

— Eu telefono e aviso quando souber de alguma coisa.

Ela me beijou.

— Tome cuidado.

Arabeth estava no isolamento, então eu não podia entrar para vê-la, e fiquei surpresa ao encontrar Terri na sala de espera. Ela estava pálida e ansiosa. Veio ao meu encontro e me abraçou.

— Kassey, isto é horrível.

— Como ela está?

— Viva. Eles a trouxeram de volta na sala de emergência. Você sabe... com aquelas pás.

— Wyatt me disse que ela não estava respirando quando os paramédicos chegaram na casa dela. E que os lábios dela estavam azuis e... e... — Não consegui terminar a frase.

— Wyatt estava com ela? — Terri perguntou.

Dei uma olhada ao redor, mas ele não estava na sala.

— Sim, ele estava. Como você ficou sabendo?

— Eu telefonei para a pousada, para conversar com ela, para perguntar se eu poderia levá-la para almoçar e fazer compras. Nos divertimos tanto quando ficamos hospedados lá naquela semana. Enfim, uma mulher, eu acho que era a tia dela, atendeu o telefone e me contou. Ela tinha acabado de retornar do hospital para cuidar dos hóspedes da pousada.

— Você falou com mais alguém desde que chegou aqui?

— Com a mãe dela. Ela me disse que Arabeth está repousando agora. — Terri fez uma pausa, e então continuou. — E os médicos disseram que ela teve um quadro de rejeição, que fez com que o coração dela fibrilasse e... e... parasse.

A feição de Terri parecia sofrida. Eu a entendia, porque estava tendo uma sensação de *déjà vu*. Estávamos revivendo os últimos dias de Elowyn, a montanha-russa entre a esperança e o desespero.

— Ela vai sair dessa — eu disse, abalada. — Elowyn não permitirá que ela morra.

Terri enterrou o rosto em suas mãos.

— Sinto tanto a falta dela — sussurrou. — Todos os dias. Às vezes esqueço. Vejo algo de que eu sei que ela gostaria, e fico toda animada e digo "El, veja isso". É claro que ela não pode ver. Mas apenas o fato de saber que o seu coração ainda vive dentro de Arabeth tem me mantido sã. É o meu elo vivo com Elowyn.

Um nó se formou na minha garganta. Não era isso que todos nós — eu, Wyatt, os Edens — sentíamos? Enquanto Arabeth estivesse viva, de certa forma Elowyn também estaria. E as coincidências estranhas que aconteciam quando Arabeth refletia características e traços da personalidade de Elowyn nos mantinham amarrados a essa ideia. Limpei a garganta.

— Onde está Matt?

— Ele veio e ficou um pouco, até descobrirmos que Arabeth estava viva. Ele me disse que não conseguiria passar por isso novamente. Não conseguiria apenas sentar e esperar. É doloroso demais.

— Arabeth vai ficar bem — eu disse. — Ela vai.

Assim que ela foi transferida para a sala de recuperação, consegui visitar Arabeth. Ela parecia bem, exceto por seu rosto, que estava inchado. — Esteroides — explicou ela. — Tive de voltar a tomar doses fortes dos medicamentos antirrejeição. Espero já estar de volta ao normal quando as aulas começarem.

— Você decidiu para qual escola vai? — Eu sabia do seu desejo de estudar na Roswell High. Depois do dia que passamos no parque aquático, sabia de muitas coisas a seu respeito. Estava me sentindo envergonhada por não ter mantido um contato mais próximo desde aquele dia.

— Vou voltar para a Athena. Por que não? Já conheço o lugar, os professores, o que esperam de mim. E será gratuito este ano.

— Mas você me disse que queria ir para uma escola que tivesse garotos.

— Mudei de ideia.

Teria perguntado por quê, mas naquele momento Wyatt entrou no quarto. Ele parou no instante em que me viu.

— Kassey, você está aqui.

Senti-me deslocada, e vê-lo fez meu coração acelerar. Não o via desde o dia da nossa briga e não tinha mais falado com ele desde a noite em que ele me ligou do hospital.

— Eu... eu posso voltar depois.

— Não — Arabeth e ele disseram em uníssono.

Seu rosto ficou corado e ela parecia desconfortável. Nada parecida com uma garota animada em estar com seu namorado, como eu esperava vê-la.

— Tudo bem — disse ela. — Posso receber duas visitas ao mesmo tempo.

Wyatt disse: — Fique. Tenho algo para mostrar para vocês duas. — Ele carregava uma pasta e caminhou até a bandeja acoplada à cama de Arabeth, que servia como mesa. Pegou a jarra de água, colocou-a em outra mesa e abriu a pasta, tirando várias folhas de papel.

— E isso é...? — perguntei, confusa.

— Minha pesquisa. Passei horas navegando na internet ontem à noite. Levei um tempo até descobrir como fazer a busca, mas acabei me deparando com o termo "memória celular".

Ele parecia contente consigo, como se nós devêssemos saber do que estava falando. — Certo — eu disse. — E o que é "memória celular"?

— É o que está acontecendo com Arabeth. Os episódios de semelhança com Elowyn — ele encarava Arabeth. — Você sabe, as coisas estranhas que você faz, mas que parece ser ela agindo, não você.

Peguei uma das folhas de papel e li em voz alta.

— Às vezes, um fenômeno relatado por pacientes de transplantes é que começam a ter memórias que pertenciam ao doador ou a agir de forma semelhante a ele.

Wyatt disse:

— É mais comum em transplantes de coração.

Fiquei arrepiada. Arabeth pediu:

— Continue.

Wyatt organizou os papéis.

— Imprimi histórias de alguns casos. Neste aqui o homem recebeu o coração de um cara e acordou com vontade de tomar cerveja e fumar um cigarro. Ele nunca tinha fumado ou bebido. Neste outro caso, um homem recebeu o coração de uma mulher, e agora ele compra coisas cor-de-rosa e usa o mesmo perfume que ela sempre usava.

Aquela história causou um grande efeito, porque Arabeth também usava o mesmo perfume que Elowyn.

— Acho que você deu sorte de ter recebido o coração de uma menina — eu disse a ela. — Você poderia ter acordado querendo jogar futebol ou pescar.

Ela sorriu, mas ficou séria de novo rapidamente.

— Você acha que é isso que está acontecendo comigo?

— Parece lógico — disse Wyatt. — Um receptor relatou ter visto luzes brilhantes e sentido calor em sua pele, e mais tarde descobriu que seu doador tinha morrido intoxicado pela fumaça de um incêndio.

— Uma vez eu tive um sonho — disse Arabeth. — Sonhei que estava dirigindo na chuva, uma chuva muito forte, eu... eu estava chorando. E o carro derrapou e havia uma árvore bem à minha frente.

Seria possível ouvir um alfinete cair no chão do quarto naquele momento. Ela olhou para nós dois.

— Foi só uma vez — adicionou ela, em sua defesa.

Wyatt guardou os papéis na pasta e a fechou.

— Só pensei que você deveria saber a respeito da memória celular — disse ele, em voz baixa.

— Por que o meu médico não mencionou isso?

— A ciência real acha que isso não passa de um monte de... — Ele não terminou. — Você sabe, eles acham que isso não é possível.

— É bem real para mim — disse Arabeth.

— E para mim — eu disse. — Às vezes é como se Elowyn estivesse comigo.

Wyatt concordou, balançando a cabeça.

— Não é culpa sua, Arabeth. — Mas às vezes você *é* ela.

Ela nos estudava.

— Na sua pesquisa você descobriu como um receptor pode *esquecer* um doador? O que ele deve fazer para que essas memórias celulares o deixem em paz?

— Esta síndrome não é aceita no meio médico. Não sei como você pode perder as memórias dela. Eu gostaria de saber, mas não há nenhuma pesquisa sobre isso — ele respondeu.

— Então, simplesmente vou ter de aturá-la invadindo a minha mente para sempre?

Eu não pensara daquela forma até então. Não considerara como seria para Arabeth estar nos pensamentos de outra pessoa sem nenhum aviso. Ou como seria ver sua vida através de outros olhos.

— Talvez isso desapareça com o tempo, à medida que você for ficando mais forte e sua vida for mudando — eu disse, de modo confiante.

Arabeth recostou-se nos travesseiros e encarou o teto.

— Eu sei que ela era uma pessoa maravilhosa. Sei que vocês dois a amavam. E sei que vocês estão aqui porque eu lembro Elowyn. Eu entendo. Mas apenas se lembrem... sou Arabeth Thompson. É quem eu sempre serei. É quem eu quero ser para sempre.

28. Arabeth

Elas não sabiam que eu estava acordada, ou que podia escutá-las enquanto elas conversavam do outro lado do meu quarto no hospital. Seus sussurros eram baixos no início, mas foram ficando mais altos à medida que discutiam.

No início a voz de mamãe tinha apenas um leve sinal de irritação.

— Terri, você não precisa ficar neste hospital dia e noite. Arabeth está bem. O médico disse que poderá liberá-la para voltar para casa em poucos dias.

Terri disse:

— Eu sei, só estou preocupada com ela.

— Por quê? — mamãe perguntou. — Eu já disse que ela está bem.

— Ela quase morreu.

— Não é como se... — Mamãe se deteve. — Antes de receber o coração, ela quase morreu várias vezes. Ela era uma menina muito doente.

— Deve ter sido horrível para você. Como mãe dela, eu digo.

— Essa é a questão. *Eu* sou a mãe dela. — As palavras de mamãe estavam carregadas.

Terri não respondeu imediatamente, mas finalmente gaguejou.

— Eu... eu sei... N... não estou tentando ser a mãe dela...

— Escute, nós sempre seremos gratas pelo presente que vocês nos deram. Foi um ato de generosidade incalculável e não sei como agradecer de outra forma.

Eu estava deitada, imóvel, na cama, totalmente acordada. Espiei com um olho e consegui ver mamãe e Terri sob a luz desvanecente da noite, que entrava pela janela.

— O privilégio de vê-la melhorando já é agradecimento suficiente.

— Você diz isso, mas não é o suficiente, é? — disse mamãe.

— Gosto de estar perto dela. — As palavras de Terri eram carregadas de hesitação. — Ela... ela me lembra tanto Elowyn. Até age como ela.

— Mas ela não é Elowyn. Ela não é a sua filha.

Terri ergueu a cabeça.

— Eu sei. Você acha que eu não sei disso?

Mamãe massageou a testa, entre os olhos, onde ela sempre esfregava quando estava estressada.

— Às vezes você não age como se soubesse. Você a leva a lugares e compra coisas para ela. E a trata como se fosse sua filha.

Meu coração batia forte, e o som intermitente acelerou no monitor ao qual eu estava ligada. Xinguei mentalmente o aparelho. As duas cabeças se viraram para mim e eu fechei o olho, com medo que elas me pegassem ouvindo a conversa. A interrupção acalmou mamãe e Terri, e a tensão entre elas diminuiu.

— Gosto de estar perto dela. Tanto eu quanto Matt gostamos da companhia dela. É reconfortante. Ela preenche o vazio dentro de nós. Eu sinto muito a falta de Elowyn. — A voz de Terri falhou.

Quase me sentei na cama e tampei meus ouvidos com as mãos. Eu queria poder me dividir em duas. Queria poder ser uma filha para minha mãe e para Terri. Tentei dar mais uma espiada. Mamãe tinha estendido o braço para pegar a mão de Terri.

— Terri, vá para casa. Por favor. Eu sei que dói, mas nem Arabeth nem eu podemos consertar isso.

Terri virou-se para me olhar.

— Se... se ela tiver alguma complicação... você me liga?

— Eu realmente não acho uma boa ideia. Não vai ajudá-la a quebrar essa ligação.

Terri olhou surpresa e abalada para mamãe. Afastou-se e saiu apressada, sem dizer mais nada. Mamãe desmoronou contra a parede. Fechei meus olhos, porque doía demais ver sua tristeza e sentir a dor de Terri. Meu coração estava apertado. Ciência médica ou não, eu sabia que Elowyn estava sofrendo também.

Os melhores momentos durante a minha estadia no hospital eram as visitas de Kassey. Eu precisava de uma amiga, e ela era o mais próximo disso. Sim, ela era a melhor amiga de Elowyn, mas aquilo não me incomodava. Sempre que ela entrava no quarto, levantava o meu astral. Às vezes eu até acreditava que Elowyn estava nos aproximando, especialmente se as informações trazidas por Wyatt sobre memória celular tivessem algum fundo de verdade.

— Eles não vão mais deixar você ir embora deste lugar? — Kassey estava sentada no quarto, os pés repousando no alto, ao lado da minha cama. Ela trouxera alguns vídeos para assistirmos.

— Talvez amanhã. Tenho me lamentado para o meu médico há dias. As aulas voltam na próxima semana, e eu vou mesmo que tenha de carregar este monitor idiota comigo.

Ela sorriu.

— Isso é que é ameaça. Tenho certeza de que o seu médico está preocupado que você vá embora com os bens do hospital.

— É melhor que ele esteja mesmo! — resmunguei.

— Terri apareceu para visitá-la novamente depois que ela e sua mãe discutiram?

Naturalmente eu contara tudo para Kassey.

— Não, mamãe a enxotou.

— Sinto pena dela. Afinal, Elowyn significava o mundo para Matt e para ela.

— Eu gosto deles, e eles eram legais comigo.

— Gosto deles também — disse Kassey. — Matt era louco por Elowyn. Ela o tinha na palma da mão, e conseguia quase qualquer coisa que quisesse dele. Eu costumava invejá-la... Quero dizer, pelo fato de não ter meu pai por perto e tal.

— Era fácil conseguir o que eu queria com meu pai também. Lembro-me de quando ele construiu minha casa de brinquedo, no dia em que voltamos de uma consulta em que o médico disse que eu teria de parar de brincar no *playground*, porque estava exigindo muito esforço de mim. Eu amava o *playground* da base militar. Chorei sem parar aquele dia.

Kassey parecia entender.

— Papai me mostrou uma revista com vários tipos de projetos de casas de brinquedo. Escolhi o que gostei mais e fomos à madeireira juntos comprar o material. Escolhi as cores da casa, verde-limão e cor-de-rosa, e ele a pintou após construí-la. Mamãe comprou uma mesinha e cadeiras para colocar no interior, e ela se tornou o meu lugar favorito no mundo inteiro.

— Eu gosto dela também. Mas é um pouco pequena agora, pelo que me recordo do feriado de 4 de julho.

Sorri.

— Ela funcionava como um ímã para chamar amigos. Pelo menos por um tempo. Mas todo mundo cresce.

— Você sabia que os seus olhos brilham quando você fala do seu pai?

A observação de Kassey me deixou vermelha.

— Me desculpe.

— Não! É legal. Elowyn tinha um ótimo pai. Você tinha um ótimo pai. É extraordinário.

Dei um gole no copo de água, e hesitei por um segundo antes de dizer:

— Eu vi papai no dia em que desmaiei. Eu o vi tão claro quanto o dia.

— Você quer dizer que sonhou que o viu?

Balancei a cabeça.

— Ele era tão real quanto você aqui na minha frente.

Ela parecia cética.

— Me conte como foi.

Eu só tinha contado a minha história para mamãe. Não queria que Kassey pensasse que eu era completamente louca, mas a experiência tinha sido tão real; além disso, era uma experiência minha, e não de Elowyn.

— Estava caminhando em um campo de flores, sob a luz do sol. Era o dia mais lindo que eu já vi. As cores eram supercarregadas, realmente intensas — eu disse. — E papai saiu de trás de uma fileira de árvores...

29. Kassey

Eu não conseguia tirar a experiência de Arabeth com seu falecido pai da cabeça. Eu perguntara a ela:

— Será que foi uma daquelas experiências que se tem fora do corpo? Sabe, como lemos a respeito e ouvimos falar na televisão?

— Não sei.

— Quero dizer, você chegou a morrer, certo? Você acha que pode ter ido para esse lugar enquanto estava morta? Antes de os médicos a trazerem de volta?

Ela encolheu os ombros.

— Perdi a noção do tempo. Em um minuto eu estava na minha varanda conversando com Wyatt, em seguida meu peito começou a doer, e então, lá estava eu naquele lugar lindo, e meu pai me encontrou. Eu queria ficar lá, e no início ele queria que eu ficasse também. Mas depois ele me disse para voltar, então eu voltei. A coisa seguinte de que me lembro é de estar no hospital e a mamãe me implorando para ficar com ela.

Ainda assim, não foi apenas a história em si que me fascinou. Foi o que ela me disse logo antes de eu vir embora para casa. Estava vasculhando minha bolsa, à procura das chaves do carro, quando ela disse:

— Você tem muita sorte, Kassey.

Olhei para cima, segui os fios parcialmente cobertos pela sua camisola do hospital que iam até o monitor cardíaco.

— Eu sei.

— Não estou falando disso — ela disse, apontando para o monitor. — Você tem sorte porque o seu pai ainda está vivo. Eu daria qualquer coisa para que o meu estivesse. Eu pude ver o meu pai. Aquela foi a melhor parte de tudo... vê-lo vivo, bem e perfeitamente inteiro. Você sabe, as bombas destroem os soldados, então eu não pude vê-lo no funeral.

Não sabia o que dizer.

— Ele ficou tão feliz quando me viu do outro lado do campo de flores... — Arabeth adicionou, abrindo um sorriso radiante.

Mesmo ali, na privacidade do meu quarto, eu ficava ainda arrepiada me lembrando das palavras de Arabeth e da expressão em seu rosto. *Eu tenho sorte.* Eu nunca pensara dessa forma. Meu pai abandonara a minha mãe e a mim, e seguimos em frente sem ele. Agora, ele voltava para nossa vida, querendo que eu me importasse com ele, e eu me recusava. Ele se desculpou, e está nos mandando dinheiro. Ele tornara nossa vida melhor desde o primeiro contato. Mamãe o perdoara. Por que eu não?

Liguei a TV. Desliguei a TV. Peguei uma revista para adolescentes. Coloquei-a de volta onde estava. Fiz pudim de chocolate e enchi tigelas de sobremesa. Limpei a cozinha.

Nada acalmava a minha inquietação. Finalmente, sentei-me em frente do computador da mamãe e digitei o endereço eletrônico do meu pai. Encarando a tela em branco, não sabia por onde começar.

Querido papai <delete>
Pai <delete>
Querida pessoa que foi embora <delete> <delete>
Steve <delete>

Finalmente, comecei a digitar. A mensagem era curta, mas eu tinha certeza de que ele responderia.

Pai... sou eu, Kassey. Estou entrando no meu último ano escolar, então acho que é hora de nos conhecermos. Você começa.

Eu estava comprando materiais escolares em uma loja quando dei de cara com Wyatt e uma loira linda de mãos dadas. Ela parecia familiar, mas não conseguia me lembrar de onde a conhecia. Wyatt disse:

— Esta é Cindi.

— Eu era líder de torcida ano passado — disse Cindi. — Você é uma jogadora incrível.

Agora eu me lembrava dela.

— Fui para a liga universitária este ano.

Se sua intenção era me impressionar, não conseguiu.

— Viva! — eu disse.

Ela me olhou, confusa. Seu olhar mudou e ela acenou para alguém atrás de mim.

— Ei! Allison! Virei-me e vi uma menina dois corredores à frente.

— Estarei de volta em um instante — disse Cindi, enquanto saía em direção a Allison.

Wyatt se movia de um pé para o outro.

— Namorada nova? — perguntei.

— Você não vai me dar um sermão agora, vai Kassey? Eu gosto da Cindi e... e já faz muito tempo desde que... bem, você sabe.

Ergui minha mão.

— Está tudo bem. Você deve seguir em frente mesmo.

Ele me olhou como se estivesse esperando por uma resposta agressiva, mas eu não tinha nenhuma em mente para ele.

— E quanto a Arabeth? — perguntei.

Ele pôs as mãos nos bolsos traseiros do seu jeans.

— Você estava certa. Ela é muito nova para mim.

— Tonto... — eu o censurei, lembrando-me de que dissera exatamente aquilo para ele antes.

Ele encarava um ponto acima da minha cabeça.

— Eu gosto dela, ela é legal. — Seu olhar se conectou ao meu. — Ela quase me matou de susto quando desmaiou na varanda da casa dela. Impedi que ela caísse, mas ela perdeu a consciência. Seu rosto começou a ficar azul e ela respirava com dificuldade. Pensei que eu fosse ter um ataque cardíaco esperando pela ambulância chegar. Se a tia dela não tivesse aparecido e feito a reanimação cardiopulmonar... — Ele não terminou. — Não posso fazer isso novamente. Não posso me envolver com uma menina como Arabeth.

Eu sabia o que ele queria dizer: ele não podia se prender a uma garota que estava a algumas batidas cardíacas de morrer.

— Ela sabe?

— Sabe o quê?

Eu fiz um gesto sob o meu ombro com o polegar, apontando para a *efervescente* Cindi.

Ele deu os ombros.

— Não sei.

— Você não contou a Arabeth!?

Ele parecia envergonhado.

— Não sei o que dizer a ela.

— Você tem de ir até lá e terminar com ela. Seja cortês, ao menos...

— Posso mandar uma mensagem de texto — ofereceu ele.

— Covarde! E nada de e-mails também!

— Você não pode contar a ela por mim? — ele falou em tom de súplica.

Revirei os olhos.

— Vou ter de bater em você de novo?

Ele abriu um sorriso.

— A administração da loja nunca mais vai deixar você entrar aqui de novo se fizer isso.

Retribuí com um sorriso. Pela primeira vez em muito tempo me sentia confortável perto dele, como nos dias em que os limites da fronteira entre nós eram claramente definidos. Elowyn nos aproximara, e sua perda nos manteve unidos. A tentativa de reviver nossas experiências com Elowyn tinha nos separado, e nos transformado em um casal estranho. E fora Arabeth e suas ligações misteriosas com Elowyn que mexeram conosco.

Cindi voltou saltitante e se enroscou no braço de Wyatt.

— Não vejo a hora de contar pra você o que Alisson me disse.

Afastei-me.

— Tenho de ir. Vejo você na escola.

— Com certeza — disse Wyatt.

Cindi disse:

— Serei sua melhor líder de torcida quando estiver jogando.

— Mal posso esperar — eu respondi.

Caminhei até o caixa, segurando a cesta com meus materiais escolares. Paguei a conta e saí rapidamente da loja. Quando ouvi o rangido leve da porta automática fechando atrás de mim, soube que outra porta também estava se fechando.

30. Arabeth

No hospital, estava pronta para voltar para casa. A crise acabara. Mamãe já estava a caminho para me buscar. Ela ligara avisando que estava presa no trânsito.

— A pista está parada — disse ela, exasperada.

— Tudo bem — eu falei. — Vou arrumar minha mala e então vou esperar no quarto. Você não quer que eu perca meu seriado favorito, quer?

Aquilo a fez rir porque ela sabia que eu não era fã de seriados.

Estava colocando minhas coisas em uma mala quando ouvi um homem limpando a garganta atrás de mim. Virei-me e vi Matt Eden parado na porta.

— Matt! Que surpresa boa! — Meu coração acelerou, porque eu não via os Edens desde a discussão de mamãe com Terri, que certamente contou a ele tudo o que mamãe dissera.

— Olá, Arabeth. Espero não estar incomodando.

— Não, não. É muito bom vê-lo — eu disse, sentindo-me aturdida.

— Então, você está dando o fora, mesmo?

Eu levei um minuto para entender o que ele quis dizer. Quando entendi, eu respondi:

— Ah, você quer dizer que eu estou indo embora daqui. Sim, mamãe está a caminho.

— Fico contente que você esteja indo para casa. Terri e eu desejamos que você fique bem e seja muito feliz.

— Hum... Eu agradeço. — Fiz uma pausa. — Como está Terri?

— Está bem. — Ele estendeu uma sacola de presente para mim. — Ela pediu pra eu entregar isto.

Peguei a sacola.

— Mas não precisava...

— É só uma coisinha para você se lembrar de nós.

— Você estão indo embora?

— De certa forma. Eu quero que você saiba que não vamos mais estar por perto como temos estado.

Meu rosto ficou quente, e eu sabia que devia estar vermelha.

— Mamãe não quis...

Então ele disse:

— A intenção da sua mãe não era ferir os sentimentos de Terri, mas apenas esclarecer nosso lugar na sua vida.

— Vocês têm um lugar importante na minha vida.

— Você é muito gentil em dizer isso. — Sua fala arrastada sulista estava se acalmando. Com a cabeça, ele apontou a sacola na minha mão. — Você vai abrir ou não?

— Ah, claro! — Abri a sacola e tirei um pequeno álbum de recortes de dentro dela, com uma capa de couro de cor lavanda. — Para mim?

— Só seu. Terri montou para você.

Sentei-me na cama, abri o álbum. Em letras douradas e lindas estavam escritas as palavras: DE CORAÇÃO PARA CORAÇÃO. FEITO A MÃO PARA ARABETH THOMPSON. Uma fotografia minha sorrindo estava centralizada. Folheei página por página e vi fotos minhas no aquário, na pousada servindo os hóspedes, sorrindo em vários cenários. As fotos eram lindas, e eu estava impressionada.

— Como você tirou todas essas fotos? Me lembro de ter posado para algumas delas, mas outras...

Ele parecia contente.

— Tirei a maioria quando você não estava olhando. Mas você é linda, então não foi difícil consegui-las.

Terri organizara as fotos em páginas de fundo colorido, com decalques e símbolos colocados de modo a destacar os cenários.

— Eu... eu não sei o que dizer.

— Apenas o fato de saber que você gostou já é o suficiente.

— Eu amei!

— Terri ficará feliz de saber.

Uma página tinha uma foto da mamãe e eu inclinadas sobre a mesa de piquenique, trabalhando concentradas em um quebra-cabeça, nossas cabeças quase se tocando. No fundo, a imagem de um soldado tinha sido editada e adicionada à foto. Na última página, havia fotos organizadas em um círculo. Terri e Matt; mamãe e uma foto velha do meu pai ao redor de fotos minhas e de Elowyn. Lá estávamos nós, estranhas que talvez nunca se conheceriam não fosse um transplante de coração. Passei meus dedos pela foto do meu pai.

— Onde você conseguiu esta?

— Liguei para a sua mãe e pedi a ela.

— E ela... ela não se incomodou?

Ele sorriu.

— Ela foi gentil e generosa. Sabia que Terri estava envolvida demais na sua vida. Eu entendi, e sua mãe também entende. O seu lugar não é conosco, Arabeth. Você não é a nossa filha.

Concordei com a cabeça.

— Mas me sinto próxima de vocês, mesmo assim.

— Nós ultrapassamos a linha porque, às vezes... bem, você diz e faz coisas que fazem com que Elowyn pareça estar viva novamente. Não é culpa sua. Mas é inquietante, de qualquer forma. Em um minuto você é Arabeth, no outro ela parece pular à nossa frente.

Não mencionei a teoria da memória celular de Wyatt. Era melhor deixar Terri e Matt cortarem o vínculo.

— Serei eternamente grata a vocês.

Ele se balançou sobre os calcanhares.

— Seria legal se você fizesse contato às vezes. Não digo regularmente. Só de vez em quando. Nos marcos importantes na sua vida, como em sua formatura, no casamento, coisas assim.

— Eu farei.

Ele estudava meu rosto. Será que ele estava vendo Elowyn agora? Eu observei seus olhos se encherem de lágrimas.

— Cuide-se, Arabeth. Você nunca estará longe dos nossos pensamentos.

Meus próprios olhos ficaram marejados. Eu virei minha cabeça. Ele se afastou em direção à porta. No último segundo, eu o ouvi sussurrar:

— Adeus, docinho.

E, sem hesitação, palavras que eu não planejara dizer saíram da minha boca. Palavras que vieram em uma voz clara e gentil, e diferente da minha. Eu disse:

— Eu te amo, papai.

31. Kassey

— Acho que ela se foi da minha vida — Arabeth me contara dramaticamente.

Estávamos sentadas na mesa de piquenique do pátio dos fundos de sua casa, tomando sorvete — e não era Chunky Monkey, apenas chocolate com menta. A tarde estava quente e calma. Estávamos em trajes de banho, uma piscina infantil e um regador rotativo estavam à nossa espera, na grama.

É claro que eu sabia que ela estava falando do reflexo de Elowyn marcado em suas células.

— Como você sabe?

— Eu simplesmente sinto. Estou de volta ao meu antigo eu. Meu velho eu entediante.

Sorri.

— Então, como é ser você?

Ela pensou por um instante, e então disse:

— Feliz. Animada por voltar às aulas. *Você* está feliz? Quanto à escola e ao vôlei, me refiro.

Lambi uma gota que escorria do lado da casquinha do meu sorvete.

— Estou. Será bom poder voltar às quadras. E você? Há algum esporte na Athena que você possa jogar?

— Devo entrar na equipe de corrida. Os médicos disseram que o meu coração está saudável e que já posso correr. Já faz anos desde a última vez que corri para valer.

Arabeth estava usando maiô, mas eu podia ver a ponta de sua cicatriz do transplante.

— Você deveria pensar em jogar vôlei.

Ela enrugou o nariz.

— Você é a estrela naquela quadra.

Continuamos tomando sorvete em silêncio e rapidamente porque ele estava derretendo com o sol. Ela lambeu uma trilha de sorvete que escorria por sua mão. — Você tem notícias de Wyatt? — perguntei.

— Não desde que voltei do hospital. Mas está tudo bem. Nós nunca fomos destinados a ser um casal.

— Como você sabe disso?

Ela abandonou a trilha de sorvete líquido e o deixou escorrer pelo braço.

— Eu nunca saberia ao certo se ele realmente gostava de mim, Arabeth, ou das partes de Elowyn que ele via em mim. Eu quero um namorado que queira somente Arabeth.

Aquilo fazia todo o sentido.

— Fico feliz que você não tenha se apegado tanto a ele.

— Eu gostava muito dele. — Sua expressão se tornou melancólica, e então se iluminou. — Sempre serei grata porque ele me deu o meu primeiro beijo. E agora posso me concentrar em encontrar alguém para me dar o segundo. Superei o trauma "e se eu bater meu nariz no dele".

Gargalhei.

— É uma boa perspectiva.

Jogamos fora o resto de nossas casquinhas de sorvete, nos lavamos e entramos na piscina. Éramos muito grandes para ela, e nossas pernas ficavam penduradas nas bordas, mas a água estava mais fresca que o ar. Eu mexia a água com as mãos. No fundo do quintal, podia ver a casa de brinquedo, envolvida por galhos de flor de murta cor-de-rosa.

— Tenho novidades — eu disse.

Arabeth lançou água da piscina no rosto, e as gotas brilhavam na sua pele.

— Diga.

— Tenho trocado e-mails com meu pai.

Ela se sentou na piscina.

— É mesmo?

— Acho que já fiquei com raiva dele por tempo suficiente. Mamãe o perdoou. Acho que eu também devia fazer o mesmo.

— Você devia — disse Arabeth. — Onde ele está? Você vai vê-lo logo?

— Ele está trabalhando em uma empresa de engenharia no oeste. Convidei-o para vir para a minha formatura em maio. Mamãe disse que fiz a coisa certa e que meu pai estava empolgado com o convite. — Soava estranho aos meus ouvidos estar dizendo "meu pai".

Relaxamos na piscina, deixando o sol quente nos atingir. O regador passava e esguichava água em nós no intervalo de alguns minutos.

— Quero perguntar uma coisa — disse Arabeth.

Sua voz soava tímida. Eu abri um olho.

— Tudo bem, pergunte.

Ela respirou fundo.

— Mamãe alugou um chalé em Altoona Lake para o final de semana do dia do trabalho. Tia Viv e tio Theo cuidarão da pousada e nós poderemos viajar.

Fechei meu olho.

— Parece divertido.

— Mamãe diz que vai dormir, ler e comer chocolate por três dias. Não será muito divertido para mim.

Continuei ouvindo, porque Arabeth parecia não ter terminado.

— Ela disse... ela me disse que eu poderia convidar uma amiga para ficar conosco. Você sabe, para que eu não morra de tédio. É como uma festa do pijama mais longa. Apenas uma viagem curta de férias, e nós não perderemos nenhum dia de aula. Eu me divertirei mais se eu levar uma amiga comigo.

Virei meu rosto em sua direção. Sua expressão era ansiosa e seus olhos interrogativos. Meu coração retomou seu ritmo. Uma viagem de férias. Semelhante às que eu fazia com Elowyn e seus pais. Eu poderia ter dito isso a Arabeth. Mas ela não me contara que estava livre da influência de Elowyn? Ela não acreditava ter voltado a ser ela mesma novamente?

— Você não quer ir. Você provavelmente tem outros planos. — Arabeth parecia desapontada. — Tudo bem. Era um tiro no escuro.

Ela começou a levantar, mas segurei o seu braço.

— Espere. Eu estava repassando meu calendário social mentalmente, e adivinhe? Nada!

Ela relaxou de volta na água.

— É sério?

— Nadinha. Eu adoraria ir. Mamãe e eu nunca tiramos férias.

Um sorriso iluminou seu rosto.

— Eu vou contar a mamãe. Ela gosta de você.

O regador passou novamente. O esguicho caiu sobre nós e na água da piscina. Observei as ondinhas se espalharem. Estava decidido. Viajaríamos juntas nas férias. Apenas a mãe de Arabeth, Arabeth e eu.

E o coração de Elowyn Eden.